快擇叢書

吸血鬼歸來

雅倫·夏普 著

新雅文化事業有限公司
www.sunya.com.hk

吸血鬼歸來

請先讀這頁

　　這個故事跟你過去看過的可能大不相同，**因為故事的發展全由你來決定**。這就像親身經歷一次冒險一樣，故事中發生的一切就發生在你身上。你得選擇下一步該怎樣做，結局也跟現實生活一樣，不可能總是愉快的，那就全靠你自己了。

　　故事中有很多險境，閱讀時你彷彿置身其中，你有很多機會決定之後怎麼辦。

　　你和兩位朋友在羅馬尼亞旅行。一天傍晚，你們本來要到薩布羅夫城，途中卻迷路了，更遇上一場大雷雨，逼使你們要到一座古怪大宅去躲一躲。故事就此展開！你們在命運牽引下，來到一個人們依舊相信吸血鬼傳說的地方。這種吸血鬼會在夜間出來吸吸人血，但這真的只是傳說嗎？為了讓一位朋友免遭吸血鬼毒手，你會面對怎麼樣的危險？請按照右頁的指示去做，與嗜血的吸血鬼對抗，嘗試拯救這位朋友。

怎樣讀這本書

每一章都有一個白色號碼，你用手指翻動一下書邊，就會找到這些號碼。

請從白色號碼 **1** 的那頁開始閱讀，當你讀到這一章的末尾時，它會告訴你接着應該讀哪一章。故事中會有多次需要你自己做決定，選出下一步怎樣做。當你一直往下讀，便會看到那些不同的抉擇是什麼。你需要選好如何行動，然後按照你那個決定後面的號碼翻到那一章。

例如：我又開始考慮，是否應該去墳地找神父 **34**，還是幫助埃里克守着他的妹妹？ **33**

如果你決定去墳地找神父，便翻到第34章；如果你打算守護着埃里克的妹妹，便翻到第33章。

你必須消滅「瓦爾達的吸血鬼」，同時安然無恙地活下來，才算成功完成這次冒險。故事共有 4 個結局，請小心選擇你的未來。

現在，請翻到第 1 章。

　　太陽還沒有下山，天色卻早在兩個小時前已經沉下來。喀爾巴阡山脈一帶氣候温暖潮濕，經常下雨。遠在南方的山峯背後，又有一道道電光閃個不停。

　　最近幾天，我們已遇到好幾場大雷雨，看來另一場大雷雨又要來臨了。我們預定在傍晚到達薩布羅夫城，但眼前看見的只是冷清的大路和黝黑的森林。

　　埃里克停下來，拿出地圖。他把地圖攤在路邊的草地上，瑪莎和我跪在他兩邊。光線很暗，我們僅僅能夠看到地圖的輪廓。

　　「薩布羅夫在這裏，」埃里克指着地圖説，「我們應該走這條路。」

　　瑪莎不耐煩地説：「更重要的是要弄清楚我們現在到底在哪條路上，你知道這裏是什麼地方嗎？」

　　埃里克頓了一下，無法確定。事實上，這種情況我早已習慣了。過去兩個夏天，我都與埃里克和他的妹妹瑪莎・霍夫曼一起旅行。埃里克每次都會令我們迷路，先在德國的黑森林，然後是法國首都巴黎，這一回就在羅馬尼亞境內！

吸血鬼歸來

　　我親自看地圖，找到了我們在什麼地方拐錯了彎。如果我的判斷正確，現在這條路是遠離薩布羅夫的，而跟我們最接近的一個小村莊是瓦爾達。它在森林的另一邊，約有五公里路程。

　　開始下雨了，埃里克趕緊摺起地圖。突然，一道猛烈的叉狀電光照亮了四周。我看見瑪莎伸出手在指點着，但她說的話完全被恍如在頭頂響起的雷聲淹沒，她只好再說一遍。

　　「那裏有一座房子，我在電光中看到了窗戶。」她大聲叫道，「現在我看不見那座房子，不過應該就在山坡上的樹木後面。」

　　我們朝着瑪莎指的方向匆匆走去，走了約一百米，就來到一條荒蕪的車道。這裏看上去已經很久沒有使用了，那座房子的情況大概也是一樣吧！**2**

房子的情況並不一樣，它比車道更糟！它本來大得可以稱為「城堡」，但幾乎有一半地方已經燒毀，剩下的部分簡直慘不忍睹。不過，至少可供我們暫時棲身。

我們穿過雜草叢生的院子，房子的中央部分和其中一側仍舊矗立着。埃里克建議我們分頭去找一扇打開的窗戶進去，但瑪莎已經直接走到前面去了。

她回頭向我們大喊：「沒有必要，因為門是開着的。」

進門後一片黑暗，埃里克連忙擦了一根火柴，但馬上就被風吹滅。當他還在擦另一根火柴時，一輪電光把周圍照亮了。這房子縱然已經荒廢，但家具還在！我瞥見門邊桌子上有一個燭台，上面還剩下幾枝燃燒了一半的蠟燭。等到另一輪電光閃起時，我立即拿起燭台。我大聲叫瑪莎關門，又叫埃里克再擦一根火柴，點亮這些蠟燭。我把燭台高高舉起，以便把房子好好看清楚。

天花板和牆壁都掛着蜘蛛網，但我朝腳下一看，地板卻沒有灰塵。一定有人掃過地板！這時，埃里克已經朝裏面走進去。

　　「那張放在中央的大桌子最近有人抹過，」他説，「壁爐裏的木柴也是剛剛才放進去。」

　　瑪莎説：「似乎有人住在這裏，我認為應該馬上離開。」

　　埃里克回答：「胡説八道！有人住在這裏不是更好嗎？我們只剩下一些巧克力和餅乾，如果有人招待我們吃一頓豐富的晚餐，我一定不會拒絕。」

　　他點亮一些剛找到的蠟燭，藉着燭光走到一道大樓梯下面，這樓梯可以通往樓上去。

　　「喂！」他叫道，「有人在家嗎？」

　　傳來的只有他的回聲，還有牆板後模糊的抓扒聲，看來我們唯一的伙伴就是老鼠！

　　瑪莎再説：「我不喜歡這地方的氣氛，也不贊成私自留在這裏。我寧可被雨淋濕，也不要睡在一個有老鼠的地方！」説罷，她打開身後的門。

　　閃電的光突然照亮了水汪汪的院子，雨水從打開的門打進來，一陣狂風幾乎把瑪莎吹倒。我立刻關上門，房子再次昏暗起來。除了埃里克手中那枝蠟燭，其他都熄滅了。**3**

3

漆黑中傳來瑪莎的聲音：「我們還是留下吧。」

埃里克重新點亮所有蠟燭，還弄旺了大壁爐裏的火，火焰使這房子一下子變得可愛一點。

我們吃過帶來的東西，坐在火爐前休息。

埃里克環視着這個大房間的四周，問我：「你對藝術有什麼認識？」

「有少許認識。」我答道，「我到過歐洲很多著名的大畫廊，還有一位叔叔是做藝術品買賣。為什麼這樣問？」

「那你走到對面看看牆上那些畫吧。」

我聽埃里克的話去看，發現一幅特納*和一幅哥雅*的畫。這兩幅畫看來是真跡，如果是真品，那就非常值錢。

「它們是真品嗎？」埃里克問道。

「是的，」我回答，「我想是真品，不然也是臨摹得極好的仿作。」

他接着指出：「你看看手中的燭台，那是純銀的，款式十分古老。我猜這裏是個藏寶的地方，但竟然沒有人看守，門也打開了。」

埃里克説得對，這房子越看越叫人覺得古怪。

「我們來查探一下吧。」埃里克説。

「我絕不離開這個房間。」瑪莎堅持説。

埃里克看一看我，然後説道：「好吧，我們兩個扔硬幣決定。如果硬幣正面朝上，你就在樓下查探。 **5** 如果背面朝上，你則上樓調查。 **7** 同意嗎？」

我同意，於是拿出一枚硬幣來。

＊ 特納(Joseph Mallord William Turner，1775-1851年)，英國畫家。

＊ 哥雅(Francisco José de Goya y Lucientes，1746-1828年)，西班牙畫家。

　　瑪莎竟安然地在火爐旁睡着了，真使我感到驚訝。這時，埃里克剛好從樓上下來和我會合。

　　「瑪莎睡着了，」我說，「我本以為她會緊張得睡不着。」

　　埃里克聳聳肩，說：「我們出發前瑪莎患了重感冒，我想她還沒有真正復原。她總是裝出一副勇敢的樣子，但我有幾次看到她露出疲憊的神情。」

　　瑪莎給我們吵醒，張開眼睛望着我們。

　　「對不起，」她說，「我睡着了。」

　　埃里克對她說：「樓上有張乾乾淨淨的牀，看來很舒適。只要你看到那房間，一定會想睡在裏面。那房間有一道厚厚的橡木門，如果你覺得害怕，可以把自己鎖在裏面。」

　　我以為瑪莎會反對，但她沒有，只是說：「那麼你們兩個呢？」

　　我還沒有來得及回答，埃里克已經告訴她，我們另有地方睡。接着，他向我轉過臉來說：「我先送她上去，馬上就回來。」

埃里克帶着瑪莎上樓，留下我一人。我在火爐旁等待，他很快便回來了。

「如果你覺得我太獨斷，很抱歉。」他說，「但我肯定這房子裏還有人！」

我表示同意他的看法。

「瑪莎連看到自己的影子也會害怕，把她鎖在樓上的房間裏應該是最安全的。至於我們呢，我相信你沒那麼容易被嚇倒。」他說。

我感謝埃里克的稱讚，但我不敢斷定他說得對不對！我問他打算怎麼辦，他回答：「我們放幾把椅子在火爐旁邊，然後一個躺下睡一會，另一個則坐着看守。差不多午夜了，距天亮還有八個小時吧。大家輪流值班，每人負責看守兩個小時，再睡兩個小時，一直到早上。」

聽起來這是一個明智的建議。

他繼續說：「似乎什麼都由我決定，不如公平一點，你來決定誰值第一班吧。是你 8 ，還是我 6 ？」

埃里克拿起一些蠟燭，逕自走到樓上去。我們呆着的房間裏有幾扇門，我最先想推開的兩扇門釘死了，大概是通往房子被火燒毀的部分吧。

我再推另一扇門，裏面的是圖書室，書架上仍舊擺滿書。跟我剛才待着的房間不同，這裏滿布灰塵和蜘蛛網。我撥開蜘蛛網看看書架上那些書的名稱，發現其中有不少是珍本：有些是關於魔法的稀有古本，大部分都是手寫在羊皮紙上的；有些是科學和哲學著作，看來十分古老。雖然我只是隨便翻看了幾本，但已察覺到這圖書室藏書非常豐富，從荷馬到狄更斯，每一本偉大的文學作品都有。

我走往廚房時，一路在猜想誰能擁有這樣豐富的藏書。當我把燭光照射在廚房的石地上時，毛茸茸的棕色生物四散溜到黑暗中去。

突然，傳來了打破陶器的聲音！我嚇得一動不動，豎起耳朵傾聽。只聽到外面雷雨持續的隆隆聲，接着有一下很輕的卡嗒聲，還有木板的嘎吱聲，然後什麼都聽不到了。

我舉起蠟燭，面前是一張桌子，上面有吃剩的食物——

芝士和黑麥麵包。芝士仍然鬆軟，麵包也沒有變硬。我感到有東西在我腳下沙沙作響，於是低頭一看，原來是一灘牛奶正從陶罐的碎片中流出來。到處混着一股食物變霉的氣味，我不用再探查下去，就可以告訴埃里克，不可能在這廚房裏吃早餐！這房子裏肯定有人，但看來不是收藏那些藝術珍品或貴重圖書的人。

　　我轉過身，燭光照亮了另一扇門。我打開它，看見裏面有一道很窄的木樓梯。我想起那卡嗒聲，也許是關門的聲音。還有木板發出的嘎吱聲，似乎是房子裏有其他人在走動。我只有弄清楚，才會睡得安樂。我應該沿着木樓梯到樓上去嗎？ **9** 抑或回去獨自留在房間裏緊張不安的瑪莎身邊呢？ **4**

我躺下來睡覺，剩下埃里克獨自坐在火爐旁。

當我驚醒過來時，一塊大木柴剛好落在火堆中，爆出火焰和零星的火花。埃里克坐在我對面的椅子上，睡得很熟。大雷雨停了，卻安靜得使人更難受。又大又圓的淡黃色月亮蒙上了薄雲，樓梯上的拱形長窗把月光映照進來，使房間充滿了晃動的影子，我在這不自然的寂靜中深感不安。我看看錶，現在是清晨四時半。

埃里克一定是在值班時睡着了，而我則完全沒有起來值班。現在又該輪到埃里克值班了，不過我決定接下來的兩小時由我來看守。

我仍舊感到困倦，溫暖的爐火使我無法保持清醒。於是我走上樓梯，去看看窗外的景色。

月亮照亮了破爛的平台，那裏曾經是草地和花壇，一直延伸至森林的邊緣。淡淡的迷霧籠罩着大地，在飛馳的雲朵下靜止不動，顯得十分奇異。

正當我凝視着平台的時候，我看見一個人影從這座房子出去，一直向森林走。在月亮的光影中，我很難追蹤這人

影。現在人影好像變成了兩個，一前一後。前面那個像是女孩，後面那個若不是個子矮小，就是怕被人看見而彎着腰走路。接着，一大朵雲遮住了月亮，人影消失不見了。

　　我不太確定自己看見了什麼，但我立刻拿着蠟燭走到瑪莎的房間。我推了推門，它仍然鎖着。

　　到了六時，太陽已經升起來。我開始打盹，埃里克還在熟睡。

　　我考慮是否該叫醒埃里克，讓他在餘下的時間值班，直到瑪莎下樓來。 **15** 但這是個晴朗的早晨，到外面走走可能比再睡一會更讓我精神。 **13**

　　雖然我不想獨自到樓上去，但既然扔出硬幣背面朝上的
結果，只得拿起蠟燭，硬着頭皮走上寬闊的樓梯。

　　樓梯頂上是一條走廊，通向左右兩邊。從我站着的地
方，可以看到走廊一邊被一道粗糙的石灰磚牆堵住，大概本
來可通往房子被火燒毀的部分。我轉向另一邊走，在各個房
間的門前都停下來查看。

　　有些房間是空置的，有些房間則放了家具，但全都積着
厚厚的灰塵。我找到一個浴室，裏面設備齊全，牆身和地板
全用綠色大理石砌成。這裏從前一定非常富麗堂皇！我仔細
看看四周，似乎有人在清潔這個浴室，而且清潔工作剛開始
了不久，洗刷乾淨的地方上還留着掌印。掌印很小，像是屬
於小孩子的。最奇怪的是全都是右手掌印！

　　我離開浴室，來到走廊向右拐彎前的最後一個房間。我
推門一看，不禁大吃一驚。這房間潔淨無塵，裏面有一張有
四根牀柱的大牀，上面鋪上整齊的牀單，還掛着漂亮的錦繡
帷幕，所有家具都像是從法國古堡搬來似的！

　　當我走進房間時，一道閃亮的電光從走廊的窗戶射進

來，把影子投在我前方的牆上——那裏站着一個人影！

　　我猛地轉頭一看，門口並沒有人。我立即走到走廊去看，同樣沒有人。我心中想着，這座房子裏難道還有別人？如果真的有人，為什麼消失得這麼快？一定是繞過拐彎處走掉了。我拿不定主意，該把埃里克叫來一起去追蹤嗎？ **10**
我忽然想起獨自在樓下的瑪莎，我該回到她那裏去嗎？ **12**

8

我決定值第一班。

雖然我已很疲倦，但在雷雨的喧聲中，恐怕是無法入睡。埃里克卻樂於嘗試，在三把椅子上伸了個懶腰，很快就睡着了。

我在火爐旁坐了一會兒，就開始打盹。於是我站起來，上了一段樓梯。當我走到一半時，在轉彎處有一個拱形大窗戶。我望向窗外，看到破爛的平台，那裏曾經是草地和花壇。閃電的亮光讓我可以一直看到森林的邊緣，我從未見過這樣厲害的大雷雨，天空一次又一次被鋸齒狀的電光撕裂，各種顏色的星火掠過地面，從樹梢灑落下來。森林裏突然有一個白光球變成橙色火光，燃點起樹木時火花四濺，但火焰馬上又被暴雨淋熄。

正當那團火紅色的亮光轉暗時，我彷彿聽到有人叫瑪莎的名字。我回頭看看樓下的埃里克：爐火熊熊，他顯然還在熟睡。

「瑪莎！」

這一聲喊叫清晰地在我耳際縈繞，似乎是從很遠的地方

傳來。我拿着蠟燭跑往瑪莎的房間，房門仍然鎖着。我輕輕敲門，裏面一點聲音都沒有。我折返樓梯口等了一會，叫聲再沒有響起。我告訴自己這只是風聲和過分的自我想像，於是重回火爐旁。埃里克睡得很沉，我坐在他身旁仔細聆聽周遭的聲音。

我不知不覺睡着了，當我醒來時，陽光已從打開的門口照射進來。埃里克不在，我喚他的名字，卻沒人回應。我看看手錶，差不多早上七時了。

我應該再去看一下瑪莎是否安全地待在房間裏嗎？ **11**
還是去找埃里克？門打開了，他可能到了外面散步。 **13**

　　我上樓梯時，注意到樓上有亮光，便叫道：「埃里克，是你嗎？」

　　沒有人回答，周遭也隨即轉暗。

　　我在樓梯頂看到第二扇門，那是通往一條走廊的。一股淡淡的燒焦味傳來，像是剛剛吹熄了蠟燭。我再叫埃里克的名字，這次走廊某處傳來了應答聲。

　　「我跟你說了還在臥室裏，你去帶瑪莎上來，我等着你。」

　　我急忙向聲音傳來的地方走去，轉過牆角，看見一扇打開的門透出光亮。這座空房子似乎奇跡不絕！埃里克站在一間豪華的房間中，裏面放着一張有四根牀柱的大牀，帷幕和牀單都乾乾淨淨。所有家具古色古香，雕着細花，地氈厚而且色彩鮮豔。

　　埃里克問道：「你上哪兒去了？瑪莎呢？」

　　「對不起，我不明白你在說什麼。」我說，「我剛從廚房的後樓梯上來。」

　　埃里克看着我，顯然不相信我的話。

「別開玩笑了！」他説，「神經緊張的是我妹妹，你嚇不倒我。剛才我看見你在門口，就請你把瑪莎帶上來。我還看見你一直走下樓，心想你一定是去帶她來。」

「你『看見』我在門口？」我反問。

「嗯⋯⋯是的。話説回來，當時我對這房間太感興趣，沒有回頭去看你。但我聽到你的聲音，還瞥見你在門口。那只可能是你呀，因為這房子裏只有我們三人。」

埃里克盯着我的臉。

「你不是開玩笑吧？」他頓了一下説，「在門口的不是你？」

我搖搖頭。

「好吧，我們什麼都不要告訴瑪莎。」他説，「你先下去，我拿了那邊桌子上的蠟燭就跟來。」 4

23

我竭力大聲呼叫埃里克的名字，也不知道他身在何處，只希望他聽到我的聲音。沒多久，後面傳來腳步聲。我轉過身去，看到了瑪莎。

「出什麼事了嗎？」她問道，「我聽到你叫埃里克，但我不知道他在哪裏。聽你的聲音，好像遇到了麻煩。」

我還沒來得及回答她，又響起一陣腳步聲，這次是從走廊拐彎處傳來的。我本能地退後，碰了瑪莎一下。

「你怎麼啦？」她問道，「你在發抖！這不過是埃里克罷了，你以為還會是誰呢？」

來的正是埃里克。

「你大叫時我剛好在廚房，那裏有一道後樓梯通往這走廊的盡頭。」他說，「這到底是怎麼一回事？」

顯然他們都沒有遇上其他人，我開始懷疑自己的感覺。

「沒事！」我撒謊說，「我只是想埃里克來看看這個房間，沒想到瑪莎你會一個人到樓上來。」

瑪莎似乎沒聽到我的話，逕自走進那寬敞的卧室。

「我一直想睡在這樣的房間裏！」她叫道，「你們認為

我可以睡在這裏嗎？」

　　我緊接着回答：「為什麼不可以？把房門鎖上，你就可以在這房子裏最安全舒適的地方過夜了。埃里克說過寧願睡在火爐旁邊，而我就不太喜歡這四根牀柱，它使我有一種被包圍的感覺。」

　　埃里克用奇異的目光看了我一眼，但他沒有多言。當我們返回樓下的火爐旁邊時，我向埃里克解釋：「很抱歉，我認為這房子裏不止我們三個人，只有這樣才能使瑪莎安全。我不裝勇敢，但至少不會像瑪莎那般歇斯底里。我建議我們兩個今天晚上輪流值班看守，每人睡一會。」

　　「我同意。」埃里克回答，「雖然我沒看見什麼人，但有好幾次感覺到我們不是單獨待在這房子裏。你想值第一班 8 ，還是第二班呢？ 6 」

瑪莎的房門仍舊鎖着，我覺得沒有必要叫醒她，於是下樓去找埃里克。

甫下樓，便看到埃里克站在打開的門前。我很慚愧自己值班時睡着了，便對埃里克表示歉意。

「你不必抱歉。」他説，「我也睡了一整夜，才剛醒來不久。我去了瑪莎的房間，看來她還在裏面。外面陽光普照，所以我出去到處走走看。」

當埃里克從門口走進室內時，我發現他一瘸一拐的。

他察覺到我的視線，便説：「沒什麼。我在院子裏被石頭絆了一下，扭傷了腳踝，很快便沒事。」

十分鐘後，埃里克的腳踝還在痛，他坐下來嘗試按摩一下。這時候瑪莎出現了，她看上去有點異樣：她旅行時一向是輕便的牛仔褲打扮，今天竟然穿上了甚少穿的連衣裙；而且她一頭黑髮相當凌亂，面色非常蒼白。

「你穿上了裙子。」埃里克説。

「因為我的牛仔褲濕了！」瑪莎尖聲地回答他。

「過了一夜，應該已經乾了吧。」埃里克反駁。

　　「它仍是濕的，當我醒來時，我昨晚穿的所有衣服都濕漉漉的。不要問我是怎麼一回事，我也不知道，只知現在我的身體和脾氣都不大好。這個地方好像曾經很豪華，現在卻連一面鏡子也沒有。」

　　這對兄妹又要吵嘴了，於是我立即改變話題，問埃里克在外面散步時看見了什麼。

　　「沒什麼。」他回答，「外面有一間馬車房，裏面有一輛轎式馬車和一輛四輪馬車。還有一輛燒得發焦的舊手推車，看來房子失火時就在這裏了。」

　　埃里克似乎比較關心自己的腳，他的腳踝已經腫起來，大概不能繼續上路。看來我不得不撇下埃里克和瑪莎，獨自前往瓦爾達求救。 **14** 但我們可以用埃里克在馬車房見到的舊手推車載着他，三個人一起離開這裏。 **16**

看來我沒有必要擔心，瑪莎已在火爐旁睡着了。我正考慮是不是要叫醒她，卻看見埃里克從樓梯走下來。

「我以為你在樓下。」我説。

「我剛才是在樓下，我去了廚房。」他應道，「我認為不只我一人在那裏！廚房有一座後樓梯連接到樓上，我大概是驚動了某個在那裏吃飯的人，那人匆匆走上了後樓梯。我連忙跟上去，但追不上。」

我同意這房子裏還有別人，然後問他有沒有見到那個漂亮的卧室。

他回答：「見到，我知道你在想什麼，相信那是唯一使瑪莎安全度過今夜的辦法。可是，我們得勸服她到那卧室裏睡覺。」

我並沒有這樣想，但這話聽來是個好主意。

在火爐旁打瞌睡的瑪莎半醒過來，問道：「在哪裏睡？」

埃里克告訴她那卧室的事，我原以為她不會答應。不過好奇心勝過了恐懼，她急不及待要埃里克帶她去看看。

吸血鬼歸來

　　埃里克獨自回來，他的計劃成功了。

　　他告訴我：「瑪莎把自己鎖在房間裏，這樣我們今夜就不用為她擔心了。她問我們睡在哪裏，我說自己寧願睡在火爐旁，而你不願睡在有四根牀柱的牀上，因為它使你有一種被包圍的感覺。」

　　埃里克似乎想得很周到，我便問他接下來打算怎麼辦。

　　「差不多午夜了，距天亮還有八個小時吧。我建議大家輪流值班看守，每人負責看守兩個小時，再睡兩個小時，一直到早上。我們拉幾把椅子放在火爐旁邊，不用看守時便可以躺下來睡一會。我不在乎誰值第一班，由你來決定吧。你先值班 8，還是由我開始呢？ 6」

除了破落的院子裏那一大潭水外，夜裏的大雷雨沒有留下多少痕跡。我走到房子的盡頭，那裏有一道大拱門通往另一個院子。院子裏有一個馬車房和一個馬廐，馬廐是空的，馬車房卻不是。

馬車房裏有一輛轎式馬車和一輛四輪馬車，雖然是棄置的，但仍然保持完好。轎式馬車的車門上有紋飾，因鋪滿了灰塵，只能模糊地看出來。當我想上前看清楚時，一輛舊手推車把我絆了一下，幾乎摔倒。手推車的木頭焦得很厲害，似乎是給大火燒過。跟那兩輛馬車不同，顯然最近有人使用過。它不僅乾淨，車輪上的金屬箍也很亮，沒有一點銹跡。我本想在馬車房裏多查看一會兒，卻聽到埃里克呼喚我。

我看見他站在房子的門口。

「我做了件蠢事！」他說。

「如果你指的是值班時睡着了，也許我們兩個都沒有完成任務！」我對他說。

「不是指這個，」埃里克回應，「我給一塊石頭絆倒，扭傷了腳踝。現在連站着也站不穩啦！」

　　我扶着埃里克走回房子時，瑪莎已站在那裏。我們倆盯着她，她看來面色蒼白，而且打扮得極不整齊。

　　她説：「我昨天晚上穿的牛仔褲和其他衣服都濕透了，一定是臥室漏水了，唯有穿上了我最好的連衣裙。這房子裏居然連一面鏡子也沒有……咦，埃里克，你的腳怎麼啦？」

　　埃里克的腳踝腫了起來，不能走路了，瑪莎的面色也不大好。雖然我們昨晚沒遇上什麼可怕的事，但這座房子果然有點古怪。我不想撇下埃里克和瑪莎，不過上瓦爾達找人來幫忙也許是最好的辦法。**14**　這時我想起那輛木頭手推車，説不定可以讓大家一起離開。**16**

14

　　如果有瑪莎幫忙，我們自然能用手推車把埃里克推到瓦爾達。但我越看瑪莎越覺得不妥，看來她連自己也撐不到那裏，更不用説幫忙推那輛沉重的手推車。

　　由於沒有食物剩下來，我只好馬上動身。我找到昨夜前往這座房子時走過的車道，原來旁邊有一條羊腸小徑，大概是上大路去的捷徑。

　　我沿着小徑走了一會，便嗅到燒焦的氣味，還看到遠處有煙飄過。我知道不能浪費時間，但下了那麼一場暴雨仍有東西在燃燒，未免太奇怪了——除非有人在樹林中露營，我可以向他們求救。

　　走不了幾步，我便來到林中一片小空地。空地盡頭有一條寬闊的小河，小河對面是一個舊墳地。那裏荊棘和常春藤叢生，看來好像幾個世紀沒有人打理的樣子。那些煙來自墳

地上一棵老橡樹的殘株，估計是昨夜的閃電擊中了它。扭曲的樹幹被狠狠劈開，中間還在悶燒着。樹下有一堆新土，似乎閃電還在地上劈出了一個大洞。

　　好奇心驅使我再走近一點，我站在河邊，看到從上游來的水道分叉，然後在另一端會合流向下游。分叉的水道把墳地團團圍住，形成一個小島。我認為一定有一座橋通往那裏，但我沿河岸走了好一段路都看不見，也找不到橋的痕跡。

　　昨夜和現在出現的怪事，使我意識到自己該儘快趕到瓦爾達去。當我正要往回走，忽然看見對岸泥地上有一些腳印：一個腳印很小，另一個是紋理鮮明的輕便鞋鞋印。從腳跟踏出那清晰的圖案看來，我肯定瑪莎·霍夫曼正好有這樣的一雙鞋！我本來就不願撇下埃里克和瑪莎，現在我確信必須馬上趕回那座房子去！20

15

我推醒埃里克的時候，他悶哼了幾聲才肯睜開眼。當他知道已經是早上，立即筆直地坐了起來，臉上露出擔心的神情。

「已經是早上啦！」他說，「出了什麼事？」

「沒什麼事，」我回答，「你值班時睡着了，沒有叫醒我。我在四時半醒來，至今一直坐着。」

「對不起，我想瑪莎沒事吧？」埃里克邊說邊揉眼睛，彷彿要把睡意擦走。

我告訴他半夜去過她的房間，房門仍舊鎖着。在那以後我一直醒着沒睡，並沒有發生什麼可疑的事，也沒有聽到異常的聲音。

埃里克伸着懶腰站起來，說：「既然我看守房子這麼糟糕，還是先去看看妹妹比較好。」

說罷他便上樓去，幾分鐘後傳來他喚瑪莎的名字，接着他大叫了一聲。

我趕緊上樓，在樓梯盡處碰上了埃里克。

「瑪莎不在房間裏！我檢查過浴室和樓上所有房間，她

都不在。可能是外出了，但她房門的鑰匙仍然插在裏面的門孔上。」

我很擔心，但不願埃里克看出來。

「也許還有另一扇門通到外面，説不定是從廚房那裏出去。」我説，「瑪莎可能到了外面散步，我再搜搜房子，你到外面看看。」

瑪莎不在房子裏，於是我到外面去。埃里克正好向我走來，搖着頭。我們在昨夜到這裏時走過的車道上會合，這時我發現另有一條羊腸小徑，通到另一個方向去。

埃里克也看到了，説：「只有那邊我還未找。」

我問他要不要留下來，但他認為我們應該一起去。

當我去拉手推車時，它竟然不見了。於是我回到房子裏，把這件事告訴埃里克和瑪莎。瑪莎的面色好轉了，還用布替埃里克紮緊腳踝。雖然他走路時仍是一瘸一拐的，但總算勉強可以行走。不管有沒有手推車，埃里克都決定離開。

靠近進來的那條車道旁還有一條羊腸小徑，看來是通往大路的捷徑。一想到可以讓埃里克的腳踝少受點罪，我們就決定走這小徑。

走了不遠，我們便嗅到燒焦的氣味，還看到遠處有煙飄過。好奇心驅使埃里克穿過樹木，向着那個方向走去。

我們跟着他，來到林中一片小空地。空地盡頭有一條寬闊的小河，旁邊放着手推車。小河對面是一個舊墳地，那裏荊棘和常春藤叢生，看來好像幾個世紀沒有人打理的樣子。

那些煙來自墳地上一棵老橡樹的殘株，估計是昨夜的閃

電擊中了它。扭曲的樹幹被狠狠劈開，中間還在悶燒着。樹下有一堆新土，似乎閃電還在地上劈出了一個大洞。

　　埃里克在小河兩頭走走看看，説：「這墳地原來是一個島，小河在它兩邊流動。為什麼沒有橋呢？真奇怪！」

　　他沉思了一會，又説：「不要緊，我們要的是手推車，終於找到它了！」

　　「我們不能拿走這手推車，」瑪莎説，「顯然有人在使用它。」

　　「不過這裏沒有人。」埃里克堅持説，「不用手推車的話，我是絕對到不了瓦爾達的。如果你很在意，我們可以之後再送回來。」

　　瑪莎很不高興，跟埃里克吵起來了。我朝對岸看看，發現泥地上有一些腳印：一個腳印很小，另一個腳印跟瑪莎那雙輕便鞋後跟的圖案一樣！我不願讓她看到，心中想着必須結束這場爭吵，儘快離開這裏——我該支持埃里克 **21**，還是支持瑪莎呢？ **17**

瑪莎是半夜前去荒蕪的墳地嗎？她去那裏做什麼？是誰帶她去？我肯定瑪莎什麼都記不起來，心中萌起在房子裏時有過的感覺：那裏一定有鬼怪！手推車看來也有點古怪。我希望可以遠離這一切，而且越快越好。

我說：「瑪莎說得對的，有人在使用這輛手推車，不能擅自拿來用。聽說這裏比偷車還小的事也會被關到牢裏去，我們還是走路去吧。埃里克，我可以找一根樹枝給你做枴杖，讓你支撐着走。」

我們離開林中的空地時，看見有人從樹木間看着我們。他身穿長袍，戴着神父的帽子。

「這裏是『吸血鬼墳地』。」他說，「不必害怕！他們已經長眠三百年以上，每隻吸血鬼的心臟都被一根尖木橛釘在地上，而且墳地外面還有一條小河。由於河道改變了，把墳地圍了起來。吸血鬼不能渡河，一直困在那裏。昨夜，古宅裏的亮光在我的村莊裏引起轟動。我猜你們只是迷路的旅客，而不是吸血鬼，便前來找你們。我是瓦爾達的塞巴斯蒂安神父，我的汽車就在不遠處。」

　　神父的汽車比神父本人更叫人驚奇，那是一輛二十年代的西瑞牌開篷汽車。他說這從戰時就在他那裏，車身仍然保存良好，可惜引擎的保養很差。塞巴斯蒂安神父解釋是阻風門出了問題，但不知道該怎樣修理。

　　埃里克和瑪莎坐在有篷的後座，我和塞巴斯蒂安神父坐在前面。神父花了三十分鐘才能把汽車開動，然後我們以時速三十公里的速度駛往瓦爾達去。**22**

沿着小徑走了不遠，我們嗅到了燒焦的氣味，還看到遠處有煙飄過。昨夜下了一場大雷雨，草木盡濕，理應不可能燃燒起來。也許有人在露營，而瑪莎跟他們在一起。

沿小徑再走幾步，就來到林中一片小空地。空地盡頭有一條寬闊的小河，小河對面是一個舊墳地。那裏荊棘和常春藤叢生，看來好像幾個世紀沒有人打理的樣子。那些煙來自墳地上一棵老橡樹的殘株，估計是昨夜的閃電擊中了它。扭曲的樹幹被狠狠劈開，中間還在悶燒着。樹下有一堆新土，似乎閃電還在地上劈出了一個大洞。

埃里克已經走到河邊，在河岸兩頭走走看看。

「那是一個島！」他叫道。「但到處都沒有橋，看來過不了對岸。」

我也走近一點，朝對岸看看。我發現泥地上有一

些腳印：一個腳印很小，另一個是紋理鮮明的輕便鞋鞋印。瑪莎・霍夫曼正好有這樣的一雙鞋！我們四處找尋她的蹤影，竟在不遠處的茂密草叢間找到昏迷不醒的她。瑪莎的衣服濕透，面色蒼白，脈搏也很微弱。

埃里克用他的大衣把她裹起來，送她回那座房子去。穿過院子時，埃里克給石頭絆了一下，腳踝扭傷得很厲害，我們好不容易才把瑪莎送進屋裏。我本想讓她躺到樓上的牀上去，但埃里克恐怕上不了樓梯。

正在這時，外面傳來像是古董汽車的響聲，一個人影在院子門前出現。只見那人身穿長袍，戴着一頂神父的帽子。

進來的人說：「我是瓦爾達的塞巴斯蒂安神父。」19

神父走到瑪莎面前，一直盯住她的脖子，這時我才第一次望到脖子上有兩個染血的小斑點。瑪莎張開眼睛坐着，但似乎看不見神父。神父也許以為他的背擋住，我們無法看見他悄悄在胸前劃了個十字。

「這位小姐……」神父開口。

「她叫瑪莎‧霍夫曼，是我的妹妹。」埃里克説。

「你妹妹急需治療，我建議你們把火生旺，使她暖和起來。」

我插話：「埃里克扭傷了腳踝，我會盡力而為。不過我想是不是該送她上樓，讓她在牀上躺下來？」

「不行！」神父斬釘截鐵地回答，「你們必須儘快離開這座房子！」

我在火爐中添木柴時，埃里克問道：「這房子有什麼問題嗎？既然這樣，你為什麼到這裏來？」

昨夜我從村莊看到這古宅裏有亮光，説起來這裏已經十年沒人來過，我猜想只是迷路的旅客闖進來。至於這座房子有什麼問題，説來可話長了，而且是個不愉快的故事。」

「但這些珍貴的東西呢？」埃里克問道。

「比你想像的更安全，只有我才敢走近這個地方。它確實有一個人在看守，但你們看不見他，他有足夠理由不讓人看見。問題問夠了，相信我的話吧！等這位小姐好一點，請務必帶她離開。」

「可以到瓦爾達去嗎？」埃里克問道。

「我可以帶你們到瓦爾達，但是那裏沒有醫生。最近的醫生在鄰村契斯庫，現在洪水淹沒了路，他暫時來不了。我試試送你們到薩布羅夫，那裏有一家醫院。」

「那麼必須前往薩布羅夫了。」埃里克説。

「等一等，我只説試試看。」塞巴斯蒂安神父説，「僅有一條路通往那裏，下了暴雨後時常有山泥傾瀉。只怕我的老爺車太舊，路上會更加危險。」

埃里克看看我説：「替我出主意吧！去瓦爾達 22 ，還是去薩布羅夫呢？ 24 」

43

我本以為夜裏什麼事都沒有發生，但這時候我想起瑪莎的樣子，還有她的濕衣服。當中一定是出了什麼事，而且我有種預感，這些事既麻煩又可怕。

當初離開那座房子時，我就有一種莫名其妙的感覺，好像把埃里克和瑪莎留在危險之中。即使沒有即時危險，我相信瑪莎已捲進某些怪事裏。

我離開林中空地時，大概沒有從原路折返。一輛舊手推車擋住了我的去路，手推車的木頭焦得很厲害，似乎是給大火燒過。它一定是來自那座房子的！車上有一個長形箱子，大小跟棺材差不多，我安慰自己這只是一個普通箱子。我不知道它的用途，更不知道它為什麼在這裏。我把手推車推開，沒想到箱子的蓋滑了下來。

我過了一會才敢望向箱子裏，幸好裏面裝的只不過是一層泥土，泥土中還有一塊塊焦木頭。

我不再理會那箱子，趕緊走回那座房子去。

埃里克和瑪莎看見我這麼快便回來，覺得十分奇怪，可是我實在不知從何說起。這時，瑪莎剛用布替埃里克紮緊腳

踝。雖然他走路時仍是一瘸一拐的，但總算勉強可以行走。

我注意到瑪莎要抓住椅子支撐自己，才能站起來。我連忙扶着她，讓她在椅子上坐下來。房子裏雖然很暖和，但她的皮膚冰涼。我握住她的手時，甚至感覺不到她手腕的脈搏。

外面的院子忽然傳來噼噼啪啪、卡嗒卡嗒的聲音，像是一輛古董汽車發出的聲音。

我轉過臉，朝開着的門望去，看見一個人影逆光出現。我只看出人影身穿一件長袍，還戴着神父常戴的那種帽子。

進來的人說：「我是瓦爾達的塞巴斯蒂安神父。」 **19**

21

手推車車面平坦，有兩個輪子，還有一根長柄，既可推也可拉。我動手把車推到小徑上，說：「埃里克，車子很重，你坐上去的話，我很快便推不動。你能自己走一陣嗎？」

小徑直通大路，我們還需要走五公里。埃里克支撐着走了三公里，他的腳踝就痛得走不動了，只好上車。瑪莎和我使勁推，又走了一公里。我忽然覺得手推車推起來很費勁，原來瑪莎昏倒在地上了！

埃里克和我合力把瑪莎抬上車，埃里克表示只要我能繼續推車，他會盡力走畢全程。

瓦爾達像圖畫書裏的村莊，四周那些帶有裝飾的木造建築物看來已有幾百年歷史。當我們走進大街時，人人都飛快地躲開。

一位婦人大叫：「是鬼車！」說罷她就馬上躲進家裏。

我大喊：「我們需要幫助！這位小姐病

了，我朋友的腳受傷！」

其中一人説：「他們是從那座房子來的，我昨夜看見那裏有亮光。」

另一人説：「他不可能回來的，我們十年前消滅了他！那是我當時親眼看見的！」那些説話的人一動不動。

我束手無策，這時有人輕輕拍我的肩膀。這人穿着長袍，戴着一頂神父帽子。他説：「我是塞巴斯蒂安神父，教堂旁邊那房子是我的家。我來幫你把車推到院子去吧。」

當我們把瑪莎抬進神父家時，我回頭一看，發現剛才的手推車不見了。即使現在有人照料瑪莎，我仍舊想留下來守護她。 28 我知道村民害怕的不是我們，而是那輛手推車。我想到外面找出是誰把它推走，為什麼他要這樣做？ 23

瓦爾達像圖畫書裏的村莊，四周那些帶有裝飾的木造建築物看來已有幾百年歷史。當我們駛進大街時，傳來很嘈雜的喊叫聲，還有一羣人聚在教堂外面。塞巴斯蒂安神父把汽車停下來，說：「你們留在這裏。」

他向人羣走去，大家都讓路給他。我看到一個侏儒躺在地上，被人拳打腳踢。

「住手！」人羣聽到神父的聲音，便向後退開。神父走過去拉起那侏儒，這時那侏儒向我們轉過臉來，我忽然覺得想嘔吐。那人一邊臉被火燒傷，滿是疤痕。他用左手遮着臉，這手卻只有大拇指和三隻斷了一半的手指。

有人叫道：「他進了教堂！這鬼進了教堂！」

「不是人人都可以進去教堂的嗎？」神父反問。

「如果他的樣子像鬼，你們該撫心自問，他為什麼會變成這個樣子。是不是你們的記性太差？」

那些人一下子安靜下來，接着眾人交頭接耳，然後慢慢散開去。侏儒向着汽車走來，每

一步都彷彿極其痛苦。那張可怕的臉上流着血，一眼便看出他受傷了。

塞巴斯蒂安神父回到我們身邊，説：「你們奇怪我為何不幫助他，但其實他不能接受我的幫助。對他來説，我代表另一個世界，更威脅着他的信仰。」

我回頭一看，原來瑪莎已經昏過去，也許是受驚了。埃里克喚她，卻弄不醒她。神父仔細地看着她，發現頸上那兩個我以為是給蟲子咬的斑點在流血。

神父説：「這位小姐生病了，她哥哥和我會照料她。我勸你忘掉剛才的事，跟我們一起離開。如你想憑良心行事去幫助那侏儒的話，他的名字叫圖米斯，汽車裏有急救藥箱。」

23

　　我離開一會兒，大概不會有人注意的。於是我溜出院子，來到神父家和教堂之間的一條窄巷裏。

　　我在小巷的拐彎處停下來，伸出頭小心看看街角另一邊。那邊的盡頭是教堂牆上一道矮門，手推車就在那裏，還有一個人在用鑰匙開門。那人長得非常矮小，只能稱他為侏儒。

　　我看着他把門推開，接着轉身拉動手推車。我連忙把頭縮回來，不讓他看見。雖然我看得不太清楚，卻有一種想嘔吐的感覺。

　　那人的左臉燒傷得很厲害，滿是疤痕。他的右眼上受了傷，正在流血。他用左手拭去鮮血，這手只剩下大拇指和三隻斷了一半的手指。

　　手推車顛簸地滾下石級，忽然傳來翻車的聲音和痛苦的叫聲。我深深吸了一口氣，拔腿跑向那道門。石級盡頭的黑暗中，那輛手推車壓着侏儒，我連忙跑下去。

　　「我的腿！」他說，「車輪壓住了我，車子太重，我無法起來。」

　　他的嘴巴歪着，説話含糊不清，但我聽到他説什麼。我抬起車子，把他的腿拉出來。

　　「沒有斷。」他摸着腿説。

　　我用手帕給他止住眼睛上的血。

　　「你不怕我嗎？」

　　我説：「不怕。你的臉不好看，但你也沒法子。如果亮一點，我可以給你療傷。」

　　我朝房間四周看看，猜想這裏一定是教堂的地下室。裏面雖然漆黑一片，但我看到一個長形木箱，像極一個棺材！我正在猜想那是什麼，侏儒卻説：「沒什麼特別的。如果你是我的朋友，就不要説見過我。回到神父家去吧！」 28

24

　　瑪莎待在火爐前，似乎稍微好了一點。塞巴斯蒂安神父急着要走，堅持要把她扶到車上。

　　神父那輛汽車帶給我們另一個驚奇，那是一輛西瑞牌汽車——二十年代的豪華汽車。車身是棕色和橙色的，有一個皮車篷蓋住後座。車身保存良好，但從它駛到房子時發出的聲音聽來，它的引擎情況就不太好了！

　　埃里克和瑪莎坐在後座，我等着塞巴斯蒂安神父坐上駕駛座。可是他向我回過頭來，問：「你想駕車嗎？」

　　我表示從來沒有駕過這種汽車。

　　「現在只得由你來駕駛，」他接着解釋，「因為我視力不好，駕車時車速從不超過每小時三十公里。前往薩布羅夫的路陡峭而彎曲，恐怕不能準確地轉換排檔。」

　　這輛汽車倒也不難駕駛，比我所想的方便。當我駛到那段坡路時，已經相當熟練。

　　過了坡路，來到一段比較平坦的路。不過路很窄，不斷要沿着山邊急轉彎。路的一邊是陡崖，另一邊是長滿了樹木的斜坡。

前面的路上骨碌骨碌地落下幾塊石頭，我不禁抬頭向山上望。樹木竟然在移動！塞巴斯蒂安神父隨着我的視線，向上看去。

他毫不在意地説：「是大雷雨的雨水造成，出現山泥傾瀉。」

一大堆石頭滾滾而下，腦海中不斷浮現出我們被幾千噸泥土活埋的情景！我不能同時留意前路和山上的樹木，叫道：「我該怎麼辦？」車篷遮蓋了埃里克和瑪莎的視線，他們看不見發生什麼事情。

我看着神父，他説：「把汽車向後退，返回瓦爾達去，相信會平安無事。**22** 但如果你想繼續前進，我會替大家祈禱。你可以關閉阻風門，這樣或許會有幫助。**26**」

25

我看到瑪莎被抬進神父的家，就拿起急救藥箱去追圖米斯。他已經走了一段路，聽到背後有人追來，便側身看看，然後停下來。

他説：「你不是村裏的人。」他的嘴巴歪着，上面有一道疤痕，説起話時聲音不清不楚。

他繼續説：「昨夜你在那房子裏。」

「是的，」我説，「我來看看能不能給你療傷。」

「你能止住我右眼上面的血嗎？這是我唯一的眼。他們曾經想燒死我，但我逃出來了。大家都害怕我，你不怕嗎？」

我回答：「不怕。你的臉不好看，但你也沒法子，你的臉燒傷得很嚴重。」

「我替主人看守房子，等他回來。要知道，清潔房子的功夫並不容易。」他舉起幾隻殘指説。

「昨夜的大雷雨解脱了他，今夜他要回到那房子去。」他指着村子説，「所以他們才這麼害怕可憐的圖米斯！」

我替他止了血，説：「我只能做到這樣。」

吸血鬼歸來

圖米斯沒有説謝謝就離去，走了幾步又停下來，回頭大叫：「我會告訴主人，你是我的朋友。」

回到神父家，瑪莎已經在樓上。塞巴斯蒂安神父的女管家瑪格達讓瑪莎睡在牀上，神父正在給埃里克包紮腳踝。

「到契斯庫的路依然被洪水淹沒，暫時請不到醫生。」神父説，「但不必擔心，瑪格達知道該怎麼辦。」

他似乎很清楚如何能治好瑪莎，我還來不及詢問清楚，他卻先問我去找圖米斯的情形。

我告訴他這傢伙有點瘋癲，但大概不會傷害人。我把他説大雷雨解脱了他的主人，今夜即將回來那番話再説一遍。

塞巴斯蒂安神父暫停包紮，説：「昨晚是『死人歸來之夜』，我不相信這個。況且，他不能離開那墳地。」**29**

我關上阻風門，一腳踩在加速器上，汽車向前猛衝！泥土像烏黑的雨點落到我們頭上，汽車好不容易沿着彎路衝過前面的泥堆。背後傳來嘩啦一聲巨響，最初移動的樹木已經撞落路面。瑪莎尖聲大叫，我拚命穩住方向盤，感到雙臂都要脫臼了。

前方路面暢通無阻，我放鬆腳踏，讓汽車在路上停下來。我們後面好像從來沒有路一樣，只有連綿不絕的泥坡和還在慢慢滑落的斷樹。

塞巴斯蒂安神父指着前面說：「那裏就是薩布羅夫，很快就到達。」

接着他離題加上一句：「我也該多應用這個阻風門。」

我們來到薩布羅夫的醫院。埃里克跟着他妹妹和塞巴斯蒂安神父進去，我在外面等。兩小時後，埃里克和一位醫生回來。我看到埃里克的腳踝已經包紮好，走起路來暢順多了。

「瑪莎怎麼樣？」我問。

「放心，她會好起來的。」那醫生微笑着回答，「我猜

你們到過瓦爾達附近，那是羅馬尼亞吸血鬼地區的中心。但很抱歉告訴你們，這跟吸血鬼無關。她脖子上那兩個斑點，還有她身上的其他斑點是被吸血的蟲子咬到。有些人對這蟲子的抵抗力非常差，霍夫曼小姐就是其中之一。以後在炎熱潮濕的夏天，請她千萬不要再到森林中去。」

　　塞巴斯蒂安神父一番好意幫了我們大忙，卻不需任何酬謝。他決定在瓦爾達的路恢復暢通前，去拜訪他在薩布羅夫的一位老朋友。瑪莎兩天後出院，我們坐火車去康斯坦察。尚有三天便坐飛機回家，但瑪莎的身體仍然很弱。因此，我們打算在一家豪華旅館裏度過這幾天。

　　在我們留在這裏的最後一個晚上，瑪莎先去睡覺，我和埃里克坐在旅館的休息室裏。**27**

27

「瑪莎不是忘記了，就是不願意記起那天晚上在那座房子裏碰到的事。」埃里克對我説，「今天我才有機會問你，神父對你説過什麼？請滿足我的好奇心吧！」

塞巴斯蒂安神父其實沒有説什麼，他似乎不願多談。不過，他確實説過一些故事。

瓦爾達在十七世紀開始聞名，當時一個叫塞斯蒂斯的僧侶出版了一本小書，叫《瓦爾達的吸血鬼》。書中述説這村莊遭吸血鬼騷擾，於是羅馬派了一位神父來處理這件事。所有懷疑與這些地獄妖魔有牽連的人都被處死，跟其他吸血鬼的屍體一起埋葬在大宅附近的森林中，還用傳統的尖木橛刺穿心臟。為了保險，人們還把當地一條河改道，圍住那個墳地。墳地自此成了孤島，吸血鬼無法涉水過來，只能一直長眠在那裏。

那些處死了的人當中，包括曾住在那座房子的家族。自此這大宅一直空置，直到十年前一位外地來的古怪富翁索爾薩伯爵把它買下來。他獨自住在這房子裏，身邊只有一個僕人。那僕人是侏儒，名叫圖米斯。

吸血鬼歸來

　　後來，村裏的年輕女子接連神秘地死去。一天夜裏，整個村莊的人都陷入歇斯底里的狀態，全部衝上去放火燒掉這房子。伯爵就在這場大火中喪生，圖米斯想逃走，村民卻把他捉住，綁在手推車上，再在他身上澆上油，用火燒他。沒想到他奇跡似的活下來了！塞巴斯蒂安神父説這個可憐的人已經瘋掉，但還是盡力保護着那座房子，深信主人會復活歸來。

　　我最後加上一句：「我必須承認，這是個很動聽的故事！」

　　埃里克把晚報遞給我，指着上面一小段文字：「神秘的瘟疫襲擊被圍困的村莊！由於有洪水和山泥傾瀉，瓦爾達目前完全與外界隔絕，村裏幾名年輕女子莫名其妙地死去。一隊醫學專家今天從首都飛往那裏調查……」

　　　　　　　　完

28

塞巴斯蒂安神父的女管家瑪格達讓瑪莎睡在牀上，神父正在給埃里克包紮腳踝。

「洪水依然淹沒了到契斯庫的路，暫時請不到醫生。」神父說，「但不必擔心，瑪格達知道該怎麼辦。」

就在這時，瑪格達下來了。

她說：「神父，我已經讓她舒舒服服地躺着。」

接着她加上一句，但聲音小得像是不想讓我聽到：「她有斑點。」

塞巴斯蒂安神父也許認為我已經聽到了，連忙改變話題。

「你知道那侏儒圖米斯又在村裏遇到麻煩了嗎？」

「知道！」瑪格達回答，「他從教堂出來的時候，我正好在那裏。我不贊成人們這樣對他，但他畢竟說出了那樣的話。人們會這樣做，我一點都不覺奇怪。」

「圖米斯一直看守着你們昨夜逗留過的那座房子，」塞巴斯蒂安神父說，「他的腦子有點毛病，但以他的遭遇來說，這並不出奇。他等候着主人歸來，但他的主人已經死了

十年。」

　　瑪格達插嘴道：「圖米斯可不是這麼説的，我是指他現在不是這麼説了。」

　　塞巴斯蒂安神父呆了一下，看着瑪格達。

　　「我説的是實話，神父。我記不清那侏儒是怎樣説，但大致是指那場大雷雨解脱了他的主人，主人很快就要回到他的大宅去。這一定是真的，要不然怎麼解釋樓上那位小姐的事？昨天晚上是『死人歸來之夜』，圖米斯和我們大家都心知肚明！」

　　「一定另有別情。」神父回答。

　　「什麼『死人歸來之夜』？有節慶嗎？」我問道。

　　「這是一個古老的迷信，傳説死人會在這一夜歸來。」神父回答説，「看來這村莊的人還是非常迷信。」

　　接着神父喃喃自語：「這是不可能的，至少他沒有辦法離開那個墳地。」 **29**

29

　　塞巴斯蒂安神父回過頭來，把埃里克的腳踝包紮好。

　　他對我們説：「我想你們對瓦爾達的歷史，或者你們過了一夜的那座房子還一無所知。」

　　看到我們同意他的話，他繼續説下去。

　　「瓦爾達在十七世紀開始聞名，當時一個叫塞斯蒂斯的僧侶出版了一本小書，叫《瓦爾達的吸血鬼》。書中述説這村莊遭吸血鬼騷擾，有無數年輕女子睡覺時被他們吸血致死。由於事情太可怕了，羅馬便派了一位神父來，他很擅長處理這種事。

　　「神父宣布吸血鬼和一個有權勢的家族結盟了，因此這家族也是羅馬的敵人！你們昨夜逗留過的那座房子，就是這家族的大宅。神父下令把這家族的人全部處死，還跟其他吸血鬼的屍體一起埋葬在大宅附近的森林中。為了保險，每具屍體都用一根尖木橛刺穿心臟。人們還把當地一條河改道，圍住那個墳地。墳地自此成了孤島，吸血鬼無法涉水過來，只能一直長眠在那裏。

　　「這大宅一直空置，破敗不堪，直到十年前一位外地來

吸血鬼歸來

的古怪富翁索爾薩伯爵把它買下來。他獨自住在這房子裏，身邊只有一個僕人。那僕人是侏儒，名叫圖米斯。

「後來，村裏的年輕女子接連神秘地死去。一天夜裏，整個村莊的人都陷入歇斯底里的狀態，全部衝上去放火燒掉這房子。伯爵就在這場大火中喪生，圖米斯想逃走，村民卻把他捉住，綁在手推車上，再在他身上澆上油，用火燒他。沒想到他活下來了，還一直守着這房子和裏面珍貴的東西，等待主人歸來。」

「你是説那伯爵回來了，而我妹妹是遭到吸血鬼襲擊嗎？」埃里克問道。

塞巴斯蒂安神父哈哈大笑，説：「我也有過這種想法，但我懷疑你妹妹是被一種蟲子咬傷。你的腳踝已經包紮好，現在我該到教堂去了。如果你們到教堂去，千萬不要進地下室。那裏危險……有蛀木蟲！」 **30**

63

埃里克和我一起到臥室去看瑪莎，她的面色依然蒼白，但醒了過來，看上去好多了，甚至能跟我們開玩笑。

「瑪格達是一位親切的太太，」她說，「只是她生活在黑暗時代！她認為我是遭到吸血鬼襲擊！」

「因為你的脖子上有紅斑點。」埃里克說。

「那是蟲子咬的。」瑪莎回答，「我吃過牠們的苦頭，真是受不了……但你們看到這房間嗎？有沒有聞到什麼氣味？」

我注意到房間的門窗周圍都掛上了大蒜。

「她還想把大蒜圍在我的脖子上，說吸血鬼不喜歡這氣味！這倒使我想起來，原來我那小金十字架吊墜的項鏈不見了。不知道掉在什麼地方呢？真可惜，我非常喜歡它。」瑪莎說。

埃里克陪着他的妹妹，順便讓自己的腳踝休息一下。我一個人繞着村子走了一圈，餘下的時間就待在神父的圖書室裏。我想找點關於吸血鬼的書來看，但沒有找到。

晚上雷雨又來了，但沒昨夜那麼厲害，瑪莎很快便睡着

了。埃里克斷定吸血鬼只是神話，但為了預防萬一，他打算通宵守護着妹妹。

晚飯後我就再沒有見過塞巴斯蒂安神父，於是問瑪格達他在不在家，她只回答神父外出了。不過現在已經夜深，我看得出瑪格達很擔心。我苦苦請求她告訴我，神父去了什麼地方。

她說：「我也不確定，但他帶着鏟子和手提燈出去，還吩咐我不要張聲。」

「他是步行離去的嗎？」我問道。

她點點頭，說神父那輛汽車的車燈壞了，無法在晚上駕駛。

我和瑪格達都猜到他上哪裏去！在這樣的黑夜到墳地去實在太可怕了，我也說不準能否在黑暗中找到前往那裏的路。但塞巴斯蒂安神父沒有把所有事情告訴我們，想知道真相只能跟蹤他。34 但瑪莎有可能會遇上危險，我應該留在這裏守護她。32

「告訴我的人早已死了，」塞巴斯蒂安神父繼續説，「因此現在只有我知道這個秘密。」

我仍然不願相信，現在是二十世紀了！

我拚命解釋：「閃電！一定是閃電消滅了屍體！」

神父搖頭。

「閃電不可能消滅得那麼徹底。」他説，「裏面除了泥土和燒焦的木頭外，什麼都沒有。我也很難相信瓦爾達真的有吸血鬼！」

他説話時，旁邊的石製十字架開始慢慢傾斜。我大喝一聲要他當心，神父連忙向後跳開。十字架慢慢向洞裏倒下去，卡住不動了。

「那是因為下雨，加上我挖過洞。」神父説，「但沒有關係，它倒下來也沒法子。我們有更重要的事情要做，瑪莎・霍夫曼小姐可能會有危險。你必須馬上回去，幫助那位哥哥守護她。」

「你要跟我一起回去嗎？」

「我還不能走，我有事情要做。」他回答，「好了，你

快點走吧。」

　　我重回大路，雷雨雖然漸小，但天空非常昏暗，使我走得更慢更辛苦。

　　當我終於走進瓦爾達的大街時，雨已經停下來，天空變得明朗了。我直往神父的家走去，快要到達時突然看見陰影裏有點動靜。

　　「你在為那位小姐擔心！」侏儒圖米斯站在我面前。

　　「我說你在為那位小姐擔心！」他重複一遍。

　　「那又怎樣？」我回答他。

　　「圖米斯能幫……」他的嘴巴歪着，因此說話很費力。

　　「你能幫什麼忙？」我問道。

　　「你必須跟圖米斯走，來吧！」

　　我可以相信這侏儒嗎？也許他能幫忙。瑪莎遇上危險，我也應該冒險嗎？我要跟他走 **36** ，還是拒絕他的建議呢？ **38**

32

　　瑪格達安排埃里克住進瑪莎正對面的房間，我上樓去看
看是否一切平安。埃里克的房門打開，我看見他坐在椅子上
看書，於是走了進去。

　　我問他打算在牀上休息，抑或就這樣通宵坐着。他表示
不會上牀睡覺，坐着比較容易保持清醒。

　　我想起昨夜的經驗，若只有一個人留下，我們誰都撐不
了一整晚。看來我和埃里克得想辦法消磨時間，使大家不致
入睡。

　　埃里克感謝我的好意，然後我倆就一直在談天。

　　一小時後，瑪格達回她的房間去了。這時突然有人敲
門，聽來很緊急的樣子。瑪格達大概已經準備好睡覺，未
能及時去應門，於是我匆匆下樓去。外面院子裏站着一個男
人，他在風雨中緊緊裹着身體，只露出一張陌生的臉孔。

　　「神父睡覺了嗎？」他問道。

　　我告訴他神父吃過晚飯就出去了，現在還未回來。

　　男人說：「那就沒有辦法了，不過有句話想請你轉告
他。」

我表示很樂意這樣做。

「告訴他舊水閘沖塌了，使河道恢復原本的走向。舊河道已經幾百年沒有水，在那裏建了許多房子。河水沖散了一些房子，可能有不少人受災。我認為該讓神父知道這件事。」

當他轉身要走時，我問他：「是築來使河水圍繞墳地的水閘嗎？」

他猶豫了一下，也許奇怪一個外來人竟然會提出這樣的問題。

「還會是什麼水閘呢？」他咕嚕了一聲，轉身就走了。我又開始考慮，是否應該去墳地找神父 **34** ，還是幫助埃里克守着他的妹妹？ **33**

33

　　我關門時，瑪格達的腳步聲在我身後的樓梯響起，她問是什麼人這麼晚到訪。我表示不認識那是誰，還把他的留言告訴了瑪格達。

　　「侏儒説的事情真的發生了！」她驚呼。

　　那天圖米斯來過村莊，宣稱大雷雨解脱了他的主人，主人很快就要回到他的大宅去。這個消息顯然震撼了瑪格達！

　　「你朋友告訴我，你們二人打算通宵守護那位小姐。我來給你們準備點食物和飲料，幫助你們保持清醒。」

　　我請她不用費心，但她堅持，説反正現在回到牀上也睡不着。

　　我跟着她走進大廳，請求她説：「請告訴我吸血鬼的事吧！聽説他們只有在黑夜才能出來，一到天亮就要回到墳墓裏去？」

　　瑪格達點點頭。

　　「假如真的有吸血鬼，那麼他早上必須返回墳地去嗎？」

　　瑪格達一面在麪包上塗牛油，一面答道：「可能吧，

但那侏儒也可能為他準備了其他地方，例如一個箱子。他們只需要在箱子裏撒上一行行墳墓裏的土，然後把箱子藏起來。」

「怎麼能找到它呢？」我問。

這一回她搖搖頭。

「我不知道⋯⋯能讓吸血鬼躲避白天的箱子可能不止一個，要找出來幾乎是不可能的事。」

瑪格達的話大概是對的！

她做好了三明治，又煮了點熱牛奶。我還想跟她再談一談，但我要把埃里克那份送到樓上去。

我答應過埃里克陪他通宵看守 **37**，但現在我有另一個想法。圖米斯到教堂去做什麼？教堂很近，就在神父家的隔壁！ **35**

34

瑪格達給我找來一盞手提燈，但我更要謝謝閃電。如果沒有天上的電光，我是永遠找不到穿過森林的路。看來已經離那座房子不遠了，我滿懷希望地衝出森林。前方是另一盞手提燈的亮光！

我向它快步走去，叫：「塞巴斯蒂安神父！」

神父回應：「唉，瑪格達真是不懂保守秘密。我知道你會跟來，好奇心使你不懼怕黑夜和雷雨。你走路時小心點，那條使這地方變成孤島的小河沒有水了。」

我越過曾是河牀的泥地到達墳地，眼前的景象足以使任何人相信有鬼。

神父左邊是一棵閃電劈過的橡樹殘枝，右邊是一個高大的石製十字架。他把手提燈掛在殘枝上，然後撑住鏟子站着。整個墳地被電光猛然撕裂的天空照亮，狂風穿過樹木呼呼作響，像是成千人發出的奇怪喃喃聲。

神父説：「不要再過來了，你前面有一個深坑！擊中那棵樹的閃電替我劈開泥土，但我必須再挖深一點才能證實。」

「證實什麼？」我問道。

神父邊挖邊説：「證實我最害怕的事情——那侏儒説的是實話。我告訴過你索爾薩伯爵在大火中死去，其實他的屍體也埋葬在這裏，並用尖木橛刺穿心臟。我沒有參與這件事，也不相信這種迷信的事情。不過，即使當時有點猶豫，我現在也必須相信。這個墳墓是空的，裏面什麼都沒有。」

我問：「是不是那侏儒圖米斯把屍體挖了出來？」

「不。只有一個人知道它埋在哪裏，是他在教堂懺悔時告訴我的。」 **31**

35

　　根據之前的觀察，我知道教堂的地下室有兩個入口。一個在教堂內部，另一個在神父家院子後面的小巷裏，那裏有一扇側門。

　　我問瑪格達有沒有地下室的門匙，她不情不願地把鑰匙交給我，還給了我一盞手提燈。

　　很奇怪，地下室的門沒有上鎖。我把門推開，舉起手提燈一照，裏面什麼都沒有，只有一道石級通往下面。

　　我緩緩拾級而下，然後停下來察看四周。這地方空蕩蕩的，看來已經荒廢。我突然聽到嘎吱一聲，上面的門關上了。我還來不及朝石級上看，就有一個人影從暗處冒出來。我以為這是圖米斯，於是高舉手提燈，打算看個清楚。燈光照出了一張臉，那張臉五官端正，相貌典雅，異常俊秀。

　　那陌生人説：「我是索爾薩伯爵。」

　　我拚命四處張望，嘗試尋找另一個出口，讓我可以溜到教堂裏去。

　　伯爵用温文爾雅的聲音説：「別想出去了，你只能聽我的。你知道得太多，我不能讓你離去。但我是文明人，會讓

你做選擇。」

　　圖米斯從黑暗中出來，手裏拿着一盞油燈。他在離伯爵不遠處停下來，燈光讓我看得更加清楚。伯爵看上去不老也不年輕，從他的臉和體態完全看不出年歲。他的外表絲毫不叫人害怕，但我覺得他提出的「選擇」不見得會這樣溫和。

　　「我可以讓你立刻死去！」他説，「但我希望你做另一種選擇，我有法力可以使你變成和我一樣。」

　　「一個吸血鬼！」我鄙視地説。

　　「我並不會用這種難聽的字眼，我要給你的是永生！」伯爵説。　**39**

36

　　侏儒帶我走進神父家和教堂之間的小巷裏，據我之前所觀察，這小巷是通往地下室外面的一扇門。

　　當我匆匆趕到墳地去時，瑪格達交給我一串鑰匙。其中一把是神父家的，另外還有好幾把教堂的鑰匙。我記得鑰匙上的小牌子上，清楚寫着可以打開地下室的這扇門。我不能完全信任圖米斯，唯有暗自藏好鑰匙。我可不想被他鎖在這裏！

　　來到地下室門口時，我發覺門沒有鎖。

　　圖米斯把門推開，説：「你先下石級吧，我在後面跟着。」

　　我緩緩拾級而下，看來這裏已經荒廢。突然聽到嘎吱一聲，上面的門已經關上了。我還來不及朝石級上看，就有一個人影從暗處冒出來。我那手提燈射出的光照在一張臉上，那張臉五官端正，相貌典雅，異常俊秀。

　　那陌生人説：「我是索爾薩伯爵。」

　　我拚命朝周圍看，想想哪兒有另一個出口，可以溜到教堂裏去。

　　伯爵用温文爾雅的聲音説：「別想出去了，你只能聽我的。你知道得太多，我不能讓你離去。但我是文明人，會讓你做選擇。」

　　圖米斯從黑暗中出來，手裏拿着一盞油燈。他在離伯爵不遠處停下來，燈光讓我看得更加清楚。伯爵看上去不老也不年輕，從他的臉和體態完全看不出年歲。他的外表絲毫叫人害怕，但我覺得他提出的「選擇」不見得會這樣温和。

　　「我可以讓你立刻死去！」他説，「但我希望你做另一種選擇，我有法力可以使你變成和我一樣。」

　　「一個吸血鬼！」我鄙視地説。

　　「我並不會用這種難聽的字眼，我要給你的是永生！」伯爵説。 **39**

清晨快要來臨，雷雨已經停下來，天空中沒有半點雲霧。埃里克又在打盹，我俯身搖他的肩膀。

他説：「對不起！真高興你和我在一起，我不知道你是怎樣保持清醒的！」

我告訴他：「真不容易！可能是地板上的寒風使我睡不着吧。」

話説出口，我才覺得風有點猛烈。數分鐘前也沒有這種感覺，也許是門或窗忽然打開了。

埃里克看着我，不安地問：「你聽到什麼聲音嗎？」

「聽不到。」我回答，「大概是外面吹進來的寒風吧，我奇怪它是從哪裏吹進來的……」

我們兩人同時產生了相同的想法，各自拿起一盞燈，穿過走廊到對面瑪莎的房間去。埃里克推開房門，發現瑪莎躺在地上，窗戶敞開。我連忙把窗關上，埃里克在他妹妹身邊跪下來。

他激動得彷彿透不過氣來，大叫：「她死了！我肯定她死了！」

吸血鬼歸來

　　瑪莎看去像死人一樣蒼白，脖子上有鮮血。我跪在他旁邊摸了摸瑪莎的手腕，她還有微弱的脈搏。

　　我說：「她沒有死。快把她放回牀上，我去叫瑪格達來。」

　　我用不着去叫瑪格達，嘈雜的聲音吵醒了她。她已經來到門口，向着瑪莎的牀邊走去。

　　她喘着氣說：「他已經回來了！我明明在窗戶周圍放上大蒜！」

　　我盤算着：「無論如何，只要他不再來就好。如果他再來，一定會把瑪莎害死。」

　　離天亮還有一個多小時，現在每一分鐘都很寶貴。我必須找到那吸血鬼，把他消滅！

　　到什麼地方去找呢？圖米斯說他的主人會回去那座大宅，我該前往昨夜待的那座房子 **41** ，還是到那「不安全」的教堂地下室？ **35**

38

　　忽然我聽到神父家裏傳來埃里克的呼救聲，接着是瑪格達的尖叫聲。我推開侏儒，直奔向院子。

　　我近乎歇斯底里地敲門，瑪格達跑來打開大門。我衝上樓梯，這時瑪莎已經躺在牀上。她面色蒼白，一動不動，埃里克跪在牀邊。原來埃里克發現瑪莎躺在地上，脖子上有鮮血，窗戶敞開。

　　他一見我便説：「我沒有睡，但什麼聲音都沒有聽到！我只是過來看看瑪莎是否平安無事，卻發現她躺在地上。」

　　我對他説：「這不是你的錯，你現在必須陪伴着瑪莎，而我得找瑪格達談談。」

　　瑪格達正在廚房裏哭。

　　她嗚咽着説：「那可憐的小姐！如果吸血鬼明天夜裏再來，一定會把她害死！」

　　「瑪格達，你必須幫助我。」我説，「我對吸血鬼一無所知，但我猜他們只能在夜裏出來，對嗎？」

　　她點點頭，用圍裙揩拭眼睛。

　　「天亮時，他們必須回到墳地裏去？」我向她確認。

吸血鬼歸來

「可能是這樣，但那侏儒也可能為他準備了其他地方，例如一個箱子。」瑪格達回答，「他們只需要在箱子裏撒上一行行墳墓裏的土，然後把箱子藏起來。」

「怎麼能找到它呢？」我問。

瑪格達搖搖頭，説：「我不知道……能讓吸血鬼躲避白天的箱子可能不止一個。」

從瑪格達的話聽來，要找出這箱子幾乎是不可能的事。但若要拯救瑪莎的性命，每一分鐘都非常寶貴。天色仍然昏暗，離天亮還有一個多小時，我必須儘快找到吸血鬼的藏身之所。我想到一個可能找到箱子的地方，那就是我們過了一夜的那座奇怪房子。圖米斯説過他的主人會「歸來」，回去那座大宅。**41** 我還有另一個想法，圖米斯到教堂做什麼呢？那裏有一個地下室，沒有人會進去，因為神父説它不安全！**35**

81

「你也許覺得難以想像，」伯爵繼續說，「我不單有索爾薩伯爵這個名字，還有過許多名字。在埃及法老的王朝，我叫做米契諾斯；在希臘時代，我叫菲利阿斯；在羅馬帝國，我叫塞克斯圖斯。這個世界的歷史我全都經歷過，曾親眼目睹亞歷山大圖書館被焚毀，看到漢尼拔跨越阿爾卑斯山，還跟拿破崙的軍隊一起進入莫斯科。」

我不否認他提出的建議使人着迷，但我深知這代價實在太大了！我只想拖延時間，好找出辦法逃走。

我說：「如果我接受這個建議，那麼我的朋友瑪莎‧霍夫曼會怎樣？她能得救嗎？」

伯爵看着我，眼神帶着幾分憐憫。

「現在你把這位小姐看成朋友，但當你成為我們的一員，你就會把她看成一個即將要死的人，一個為成就永生而犧牲的人。吸血鬼沒有朋友，所有人老死了，我們卻永遠不老。」

圖米斯開口了：「我是你的朋友。」

伯爵看着他。

「你是我的僕人，我的好僕人。」

「我死了，你會怎樣呢？」圖米斯問道。

「我會另找一個僕人。」

「用不着找，主人。你能讓這個沒有為你做任何事的人得永生，而圖米斯向你效忠多年，為什麼不能讓我得永生呢？」

伯爵沉默了一會，輕蔑地説：「我不會讓你得永生，因為你只是一個為侍候我而存在的醜八怪侏儒。直到你的末日來臨，你也是這個樣子。哼，永生不是你這種傢伙可以享受的。」

圖米斯那張扭曲的臉露出彷彿是失望，又像是生氣的神色。**45**

我穿過神父後面的荊棘叢，繞到墳墓另一邊。我不敢看吸血鬼，萬一他發現了我，鐵定和塞巴斯蒂安神父一樣沒救。

我來到歪斜的大理石十字架旁，用盡剩餘的力氣一推。我感覺到十字架有點鬆動，於是再用力推了一下。它又動起來，然後開始滑下去，落到墳墓裏！當它掉落的時候，我把小金十字架吊墜的項鏈一同扔下去。除非吸血鬼的意志能搬動一噸重的大理石，否則他沒有辦法躺進墳墓裏去。

我忽然發覺伯爵站在我身邊，他的臉扭曲成一副狂怒的表情，不再好看了。他的嘴巴在動，像在說些什麼。這時，旭日的第一道陽光射在他身上。他舉起雙臂掩臉，不一會兒便垂在兩旁。在我眼前的已經不是一張臉，而是一團腐肉和朽骨。接着他整個身軀就在我的面前崩塌，最後化為一堆死灰，在晨風中飛散了。

我心頭一鬆，但仍無法動彈。我一言不發地站着，心中湧起麻木、厭惡的感覺。良久，一條手臂輕輕搭在我肩膀。

「做得好。」那是塞巴斯蒂安神父輕柔的聲音。我抬起

頭，才知道自己是多麼渴望見到他。

　　他説：「我差不多復原——也許還需要多點時間，心靈和肉體才能完全康復。我認為現在你這個聰明人，和我這個卑微的人都該離開這裏了。」

　　塞巴斯蒂安神父絕口不提到墳地前，在那房子裏發生的事情。第二天，圖米斯離開了。當天夜裏，那房子發生了一場詭異的大火。裏面隱藏的秘密，連同所有珍寶從此化作灰燼。

　　一星期後，瑪莎‧霍夫曼恢復健康，我們便離開了瓦爾達。我仍舊與瑪莎和埃里克通信，但再也沒有在夏天一起去旅行了。

　　　　　　完

月亮照亮了天空，我沿着大路快步到那座房子去。當我看到那裏一片漆黑時，難免心中一沉。不過，既然已經來到，也不能回頭了。我非得再看看那些房間不可！

這一次，房子的門不但沒有上鎖，反而完全敞開。我本想大喝一聲，看看裏面有沒有人。最後還是決定不要張聲，以免讓人知道我來了。

我找到昨夜用過的一個燭台，蠟燭已經很短，但仍足以照明。當燭光亮起來時，我看到那沉重的桌子翻倒了，一個燭台落在樓梯底，像是從高處扔下或掉下來。我們離開後，這裏似乎出了什麼事！

我到樓上查看，那漂亮的大卧室好像遭到旋風的侵襲。牀單落在地板上，牀墊撕破了，上面血跡斑斑。這裏一定發生過打鬥，但我猜不出誰會在這裏搏鬥！牆上一大張掛氈的邊緣沾着更多血跡，我把掛氈一拉，後面竟是一扇門。那道門打開了，厚厚的牆壁後出現一道窄窄的石梯。

石梯長得恍如沒有盡頭，我走了許久才通到房子的地下室去。石地上滿是泥土，還有一個燒掉的大木箱，空氣中瀰

漫着木箱殘餘部分在悶燒的濃煙。這裏似乎就是吸血鬼藏身的地方，看來有人找到這裏，更把它摧毀掉。

我想到了塞巴斯蒂安神父，除了他以外，還有誰捲進這場搏鬥呢？圖米斯？抑或是索爾薩伯爵本人？塞巴斯蒂安神父已經遇到吸血鬼了嗎？他們現在身處什麼地方？

我心中一直思考：再過一會兒，清晨就來到。如果伯爵選定這箱子作為他的藏身之所，那麼在天亮前必須找到另一個合適的地方。他可能會到教堂的地下室去，但絕不能及時趕到。伯爵只能到墳地去！43

「神父，『永遠』是一個很長的時間，我可沒有這時間。大陽馬上升起，如果到時還不躺在泥土裏，我就完蛋了。立即把十字架扔下吧！」這聲音變得十分生硬。

我望向塞巴斯蒂安神父，無法想像吸血鬼是如何折磨他的意志。接着，神父臉上的表情讓我開始感覺到那種折磨。他的手指抽搐，拚命緊握十字架，血從指縫間流出來。

抗爭最後失敗了，神父跪下來，十字架落在地上。

「神父，你已經做得很好，可惜我們力量懸殊。抱歉我現在必須殺死你，如果我不殺你，到我躺進墳墓後就任由你擺布了。」

吸血鬼仍舊拿着他接過來的尖木橛。現在他讓橛尖指向前，向跪倒的神父走去。我暗暗希望塞巴斯蒂安神父避開，但他一動不動。

地平線上出現一道亮光，太陽隨時升起——但來不及了！我想起腳下的鎚子，如果我把鎚子扔過去，能打掉吸血鬼手裏的尖木橛嗎？也許能轉移一下他的注意力，使他來不及殺害神父！

吸血鬼歸來

　　當我俯身去撿鎚子時，看見旁邊有些東西閃了閃。原來是一個小金十字架吊墜的項鏈，一定是瑪莎丟失的。

　　我拿起十字架項鏈，再看看跪在地上那心碎的塞巴斯蒂安神父，那十字架橫臥在他身旁。雖然我目睹吸血鬼擊潰神父的意志，但他終究是害怕十字架的。我可以代塞巴斯蒂安神父完成他的任務嗎？時間在流逝，我應該利用什麼還擊？鎚子 **44** 還是十字架 **40**？

我飛快地離開那房子，直奔向森林。我穿過已經乾涸的河牀，來到墳地邊緣。第一道晨光染紅了天上的雲，不過太陽還沒有出來。

塞巴斯蒂安神父站在一堆新挖出的泥土上，旁邊一個白色的大理石十字架映襯着他的黑長袍，那十字架歪歪地傾斜着。神父一手拿着一根尖木橛和一個木匠用的鎚子，另一手握住一個放在教堂祭壇上的鍍金大十字架。

「你妨礙了我，神父。」

我的視線轉向傳來聲音的地方，黑暗中藏着一個高高的人影。人影向塞巴斯蒂安神父邁步走過來，微弱的晨光照在他臉上。他的五官端正，相貌典雅，異常俊秀，聲音溫文爾雅。

「神父，你是有備而來的，真勇敢。但這場博鬥力量懸殊，我的意志比你的強得多。」

塞巴斯蒂安神父既不回答，也不移動。

「神父，你手中拿着一個尖木橛，打算當我無助地躺在墳墓裏時，用它來刺穿我的心臟吧。」他語氣一轉，「我要

你立刻把它扔給我！」

　　一時間毫無動靜，接着我看見塞巴斯蒂安神父的手臂慢慢抬起，好像在抵抗一股無形的力量。那尖木橛忽然飛過空中，伯爵把它接住了。

　　「好，現在是鎚子，也把它扔過來。」鎚子卻飛落在我腳旁。

　　真是謝天謝地，吸血鬼的眼睛始終盯住神父，沒有轉過臉來。

　　「最後是十字架，扔下它！」

　　即使我站着的地方距離有點遠，也能看到塞巴斯蒂安神父額頭上豆大的汗珠。他用雙手握緊十字架，身影看上去比剛才高大得多。

　　他張開嘴巴，充滿怒火地從嘴唇裏迸出一聲：「永遠不會！」 **42**

我用盡氣力，向吸血鬼扔出鎚子。我雙手發抖，以致鎚子未能擊中他手中的尖木橛。幸而鎚子打在他的手臂上，使尖木橛飛到荊棘叢裏去。

伯爵猛地轉過身來，我立即感覺到他目露凶光，那目光幾乎讓我失去知覺。他正想張嘴說話，但這時天空突然明亮起來。吸血鬼一看到那道晨光，便狠狠推開神父，向墳墓衝過去。

當他來到墳墓旁邊時，整個身體突然化成一縷薄薄的灰煙，像是被泥土吸了進去。

我轉臉看看塞巴斯蒂安神父，他剛好撐着身子站起來，我跑過去扶住他。他面色蒼白，勉強露出一絲微笑。

他說：「謝謝你，我還有必須完成的任務，而你不必留在這裏。」

我拒絕離開，說至少要找到尖木橛和鎚子才離去，其餘的事我不會理會。

我們找了大半天，什麼都沒找到。

「找不到了！」塞巴斯蒂安神父說，「尖木橛要用橡木

製造，還需要用工具削尖。我們先返回瓦爾達去吧！」

　　三小時後，神父騎着一輛由兩匹黑馬拉的古老馬車返回墳地，打算完成他駭人的任務。當神父來到墳地時，墳墓空空如也，那座房子中也不見侏儒圖米斯的影蹤。不難猜想是誰帶走了屍體，還有房子裏的許多珍寶。

　　一星期後，瑪莎·霍夫曼恢復健康，可以和我們一起離開瓦爾達回家去。

　　直到現在，我還不時收到塞巴斯蒂安神父的信。瓦爾達再沒有鬧過吸血鬼的事件，不過伯爵也許會在某天重回那個不幸的村莊。

　　目前他可能在這世界上的任何一處，而大家只知道他是一位古怪的富翁，身旁有一個容貌醜陋的侏儒僕人，那僕人名叫圖米斯。

　　　　完

　　「你……你答應過我會像你一樣，你答應過圖米斯很多次！」侏儒越說越激動。

　　伯爵回應：「是你屢次要求我，但我一次都沒有答應你。」

　　侏儒臉上的表情已一清二楚，這是絕望的表情。他提着油燈，跪在主人面前。

　　「你答應過我的！你答應過我的！」他哀號着，叫一遍又一遍。伯爵掌摑了他一下，圖米斯跌倒在地，油燈破了，火焰迅速竄了起來。圖米斯好像沒有注意到發生了什麼事情，緊緊抱住伯爵的腿，不斷呼叫同樣的話。伯爵想掙脫身子，但兩人都陷在火海中。

　　火焰越竄越高，天花板上的木條隆隆作響。一條粗大的橫樑落在兩個燃燒着的人身上，碎木塊灑在他們四周，又燃起了新的火焰。

　　我奔上離開地下室的石梯，給濃煙嗆得透不過氣來。但是沉重的門上鎖了，推不開。我東翻西找，仍找不到瑪格達交給我的鑰匙。大火越燒越旺，我馬上要被困住了，必須找

到別的出口!

我跑過地下室,經過那兩具燒焦的屍體。他們抱成一團,雙雙倒在火焰中。

地下室另一邊是一道火牆,我怎樣也穿不過去,自知無路可逃。

貼近地面的地方還殘留着微弱的空氣,我趴在石地上吸上最後幾口救命的空氣。忽然卡嗒一聲,有東西落在石地上,那是地下室大門的鑰匙!我伸手抓住它,但已經太遲,我連爬到大門的力氣也沒有了。

瓦爾達的人也許會感謝我消滅了吸血鬼,但這不是我的功勞。消滅這惡鬼的是單純的愛與忠誠,它蘊藏在殘缺的身體內那顆扭曲的心靈中。

完

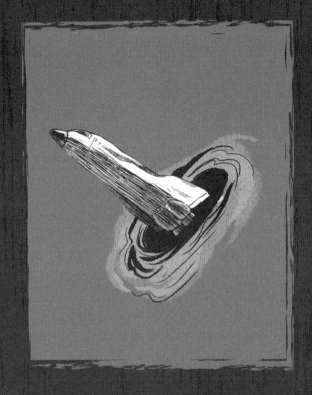

征服號
太空船

請先讀這頁

　　這個故事跟你過去看過的可能大不相同，**因為故事的發展全由你來決定**。這就像親身經歷一次冒險一樣，故事中發生的一切就發生在你身上。你得選擇下一步該怎樣做，結局也跟現實生活一樣，不可能總是愉快的，那就全靠你自己了。

　　故事中有很多險境，閱讀時你彷彿置身其中，你有很多機會決定之後怎麼辦。

　　這一年是2066年。地球高空上運行着一個太空站，它是用來建造一艘巨型太空船的。這艘太空船已經準備好發射，即將第一次載人到外星探險。你是太空船上其中一位技術人員，正日夜忙着為太空船作最後檢查。8月24日那天，你夜班工作了兩小時後，傳來地球上爆發核戰爭的消息。船上的人決定立即發射太空船。太空船由有一個會說話的電腦系統駕駛，那系統名叫黑斯廷斯。

　　如果你有勇氣到未知的太空探險，請按照右頁的指示去做。

怎樣讀這本書

每一章都有一個黑色號碼，你用手指翻動一下書邊，就會找到這些號碼。

請從黑色號碼 **1** 的那頁開始閱讀，當你讀到這一章的末尾時，它會告訴你接着應該讀哪一章。故事中會有多次需要你自己做決定，選出下一步怎樣做。當你一直往下讀，便會看到那些不同的抉擇是什麼。你需要選好如何行動，然後按照你那個決定後面的號碼翻到那一章。

例如：我應該坐另一艘穿梭機去找德夫林嗎？ **20** 抑或再等一等呢？ **22**

如果你決定坐上另一艘穿梭機，便翻到第20章；如果你打算等一等，便翻到第22章。

只有活到最後的人，才算是這場冒險的勝利者。要成功活下來，你得跨越許多驚險的難關。故事共有 5 個結局，請好好選擇你的未來。

現在，請翻到第 1 章。

三年來，我一直穿梭般往來於地球和在地球上空數百公里環行的太空站之間。在這些日子裏，我眼看着兩萬噸鋼鐵部件一一裝配成一艘太空船 ——「征服二號」。現在它變成了一個閃閃發光的龐然大物，長二百米，從地球看上去，有如晚空中一顆明亮的新星。

征服號已經建成，預定在2066年10月14日發射，距今尚餘幾個星期。到那一天，征服號將展開它的四年航程，第一次載人飛到外星上去。

現在是8月24日的夜晚，我和另外二十三位技術人員在兩小時前開始值夜班，忙着完成對這艘太空船的最後檢驗。

還記得當我們從地球坐穿梭機回來時，心情都十分沉重。多少年來，世界各國的勢力一直互相拉鋸，現在戰爭更是迫在眉睫，我們的國家早已做好戰爭準備。那天早上在華盛頓召開的世界會議上，最後一輪和平談判破裂了。

快到十點的時候，太空船的視頻通訊機傳來高級工程師布朗斯琪的聲音，通知全體船員到生活艙的簡報傳達室集合。

　　布朗斯琪言簡意賅，指出十五分鐘前，兩個與我們相似的太空站被火箭徹底擊毀。地面紛紛發來報告，表示從紐約到亞特蘭大的好幾個美國主要城市遭到熱核襲擊。地球指揮部已經下了命令，讓征服號和太空站同時撤退。

　　布朗斯琪說：「在穿梭機到達前，我們恍如籠中鳥，隨時成為襲擊目標。不過，征服號這隻『鳥』已經準備好起飛！因此我想徵求你們的意見：你們要向『上』飛，還是要向『下』飛──飛回地球去？」

　　我們沒有人懂得駕駛太空船，不過船上有黑斯廷斯。如果它的設計可靠，那麼這個電腦系統就能使征服號暢順地飛行！實在沒有時間辯論了，我們只能立即表決。**2**

我們之中有五個人決定不管情況如何，也要和地球上的家人團聚。他們有足夠時間返回太空站，在那裏等候從地球而來的穿梭機。

我接到布朗斯琪的緊急命令，要我到船上安裝着主要推進裝置的工作艙裏檢查，看看是不是一切準備就緒，隨時可以起飛。

太空船上的推進裝置是氫聚變發動機，它們的巨大爆發能量由內部綽號稱為「磁瓶」的東西約束和控制。簡單來説，它們是大型電線圈，由液態氦作超冷凍處理。儘管隔着厚厚的外層裝置，如果我們不穿上特殊的保護衣和沒有電熱氧氣供應的話，就冷得無法靠近。

我剛穿上保護衣和打開氧氣，就突然被狠狠地拋過狹小的工作艙。太空船似乎被擊中了！我還未站起來，另一下更強烈的震動使我滑到另一邊去。

那套墊得厚厚的衣服使我免於受傷，但我掙扎了好幾分鐘，才能站起來。我走到視頻通訊機那裏，回話的是布朗斯琪，她問我在工作艙裏做什麼。

　　我表示正在執行她的命令，但她說根本沒有給我下什麼命令。接着她指出我非常幸運，而且必須留在原地，直至另行通知。她說罷就離開，我完全沒有爭辯的機會！

　　過了一個小時，我才知道整件事的來龍去脈。原來起飛兩分鐘後，太空船被一枚熱尋導彈擊中。損害不大，電腦系統只花了幾秒，就把擊中的部分封住。不過，導彈頭的一些放射性物質已經入侵太空船的空氣流通系統。現在放射性物質已經清除，但船上只有我一人因打開了氧氣，而沒有受到輻射污染。

　　我不知道是誰給我下那個假命令，這當中顯然出了錯！可是，這錯誤對我來說卻是萬幸！ **3**

3

　　在起初的四十八小時之內，我還不知道自己有多幸運。
接下來，太空船上的第一批工作人員開始有輻射病反應。第
二天，就出現了第一名犧牲者。我們當中雖然沒有醫生，可
是太空船上有很好的醫療設備，還有黑斯廷斯。黑斯廷斯的
信息儲存庫裏，幾乎記載着地球上所有醫學知識。

　　危機好像暫時過去了，但正如黑斯廷斯的警告，三星期
後展開了第二波輻射病浪潮。每天都有幾個人死去，最後活
下來的只有布朗斯琪、我和一個叫德夫林的工程師。布朗斯
琪已經病重，只是依靠服用大量新干擾素才勉強活着。到了
第四十一天，布朗斯琪也在極度痛苦中喪生。

　　奇怪的是德夫林，他和我一樣，沒有絲毫患病徵狀。我
注意到他走起路來有點瘸，擔心是由輻射病引起，但他斷然
地説右腳生下來時就有點毛病。

　　我們在征服號上度過了三個月，仍舊向着太陽系外的星
體飛行。黑斯廷斯設計得理想極了，完全能夠自動操作，毋
須我們費心。我有時候不禁會想，德夫林和我什麼事都不用
做，光是吃飯、睡覺和享樂就行了。

　　我難得看到德夫林，他不按時吃飯，又常留在自己的生活艙裏。我大部分時間都在中央操控室和黑斯廷斯談話，它的知識看來是無限的，比人類更容易交流！

　　有一天，我突然察覺自己已經足足四十八小時沒見過德夫林，擔心他是不是病了。於是我到他的生活艙去，他卻不在那裏。我差不多找遍整艘太空船，仍是找不到他。他簡直像魔法一般，消失在稀薄的空氣中！

　　我從來沒有在中央操控室裏見過德夫林，但去那裏找一找也無不可。 **5** 我還沒有找過簡報傳達室，説不定他就在那裏。 **7**

　　我從閱讀架上拿起那張金磁碟，打算經過圖書室時把它送回去。我說不出是因為太疲倦，還是什麼原因，總之我的感覺越來越差。我一來到中央操控室，就在主控制台前面的椅子上坐下來。

　　黑斯廷斯跟我打招呼，我也回應了它。我們共處這麼久，一見面打招呼已成為彼此的習慣。

　　「你看來很疲倦……你進來時走路有點費勁。」

　　「你說得對，」我答道，「我懷疑自己是不是病了。」

　　「我認為不是，你只是感受到比地球加倍的重力。我『感覺』不到重力，但我能想像你受到的壓力。我已經停止

太空船中間部分的轉動，降低太空船內的人造重力。但沒有用，整艘太空船似乎受到來歷不明的巨大引力影響，我在嘗試找出原因。如果你想繼續那場三度空間棋賽，這沒有問題，並不會影響我的工作。」

我們正常的巡航速度大約是一小時二十五萬公里，但控制台上閃亮的數字比正常多出一倍，而且還在不斷增加！

「你還未回答我的問題。」

「對不起，我不是來下棋的。況且我實在太疲倦了，一定無法好好下棋。我只是來看看德夫林在不在這裏，我已經兩天沒見過他，擔心他生病了。他不在生活艙裏，也不在太空船上其他地方。」

「你說德夫林？」

「是的，工程師德夫林。」

「德夫林是誰？」

107

5

　　為了尋找德夫林，我在太空船上走了很長的路。當我來到中央操控室時，簡直累得連腿也抬不起來。這不是普通的疲倦，我整個身體都感到異常沉重。

　　德夫林並不在這裏，但我樂得在主控制台前面的椅子上坐下來。黑斯廷斯跟我打招呼，我也回應了它。我們共處這麼久，一見面打招呼已成為彼此的習慣。

　　「你看來很疲倦……你進來時走路有點費勁。」

　　我告訴他從未試過這麼疲倦，而且原因不明。

　　「這是由於重力，你現在感受到比地球加倍的重力。我『感覺』不到重力，但推測這是你感到疲倦的原因。太空船

似乎受到來歷不明的巨大引力影響，我在嘗試找出原因。」

　　我像是坐着什麼東西，使我很不舒服。於是伸手進褲後的口袋，拿出一張金光閃閃的小磁碟。

　　「你要我播放它嗎？」

　　我説不要，然後把它放回口袋裏，打算稍後送返圖書室。它是一張激光金磁碟，有人把它遺在簡報傳達室裏。磁碟沒有標籤，我不知道裏面是什麼資料，這種情況真少有。

　　「我們上次那場三度空間棋賽還沒有下完，你現在想繼續下嗎？」

　　我還是回答「不要」，並向黑斯廷斯解釋我不會久留，只是來看看德夫林在不在這裏，我已經兩天沒見過他，擔心他生病了。

　　「你説德夫林？」

　　「是的，工程師德夫林。」

　　「德夫林是誰？」 **6**

黑斯廷斯從不開玩笑，我知道問題十分嚴重，雖然情況有點古怪。

我說：「依我想，如果你調查一下信息儲存庫，便會知道太空船上現在有兩個人——我和德夫林。你沒有見過德夫林，只因為他從未來過中央操控室。」

「我已經調查過了，你知道太空船發射當晚，共有多少人在這裏嗎？」

「包括我在內，共二十四人。」

「五個人離開這裏往太空站去，其後太空船上死了十八個人。你要我把名字一一說出來嗎？」

「不要，我完全相信你的算術。」我說，「不管怎麼說，太空船上的確還有另一個人。我差不多天天都看見德夫林，有時更會一起說話。自我們離開地球以後，一直如此。」

「我也調查了太空船上食物和氧氣消耗量的記錄。自從布朗斯琪去世後，數字顯示只符合一個人之用。在我的信息儲存庫中還有大量資料，那是為在密閉空間中長期孤獨而進

行的研究。如果有需要，我可以在你生活艙的監察器上把這些資料顯示出來。」

「你這樣說到底是什麼意思？」

「孤獨的孩子經常給自己幻想出一個假想的伙伴，研究結果證實成人在孤獨的情況下也會如此。」

「你是指德夫林只存在於我的想像之中？他不是實有其人？」

「根據資料，我必須指出這種可能性。」

黑斯廷斯的話使我感到十分苦惱，加上我非常疲倦，又找不到德夫林，實在不知道如何是好。我必須跟它爭論，找到一個合理解釋來證明黑斯廷斯出錯 8 。不過，我知道最好的辦法是使德夫林站在他面前！ 9

為了尋找德夫林，我在太空船上走了很長的路。兩條腿疲倦得厲害，但我還是繼續找。我決定先去簡報傳達室，因為它比中央操控室來得近。

簡報傳達室空空如也——人去樓空，傷心的回憶卻留下了不少。我走到講台上的閱讀架前，還記得我們表決是否飛向外太空的晚上，布朗斯琪就是站在這地方。我幾乎可以看到那天晚上全體船員坐在這裏的情景，他們每一張臉我都記得：那五個決定離船的人，途中可能已在那場熱尋導彈襲擊中送了命；而其餘的人都死在船上，最後一個死的是布朗斯琪。我的回憶中獨缺一張臉，我想不起曾見過德夫林。

在閱讀架上放着一疊文件，文件上有一張又小又亮的激光金磁碟。看來是有人把它從圖書室裏拿出來，忘了送回去。磁碟上面沒有標籤，我不知道裏面是什麼資料，這種情況真少有。我把它撿起來，打算送回圖書室去。

文件是布朗斯琪在起飛當晚拿來的，我查看了那天晚上所有工作人員的名單，沒有德夫林的名字。我再看了其他文件，上面記錄着工作分配和負責人員的名字，而這些文件裏

也沒有德夫林的名字。

　　這就奇怪了，雖然關於德夫林，奇怪的事情本來就很多。他不僅是接觸到放射性物質而唯一倖存的人，甚至沒有任何受害跡象。而且我和黑斯廷斯的對話中，從來沒有談及德夫林，甚至從來沒有提起這個名字，彷彿連黑斯廷斯都不知道有德夫林這個人似的。

　　能解開這些謎團的只有德夫林本人，必須找到他！我動身離開簡報傳達室，打算去中央操控室找他 **4**，但我的腿又累又重，不如休息一會再去吧。 **9**

8

　　我毫不懷疑，德夫林實有其人。因此，我嘗試為黑斯廷斯那看似十分符合邏輯的論據想出一個解釋。黑斯廷斯一聲不響，但它顯然不是閒着。

　　主控制台的大熒光屏上放映出太空船前端幾個攝影機拍攝到的景象。黑斯廷斯一向會掃瞄四方八面的景物，而現在竟集中在一個範圍，還把影像放得很大。

　　我聽到輕微的響聲，便轉過頭去看看，我甚至覺得做這一個簡單的動作也有困難。德夫林走進了操控室，儘管他的腿有點瘸，但總算行動自如。他坐在我旁邊，看着熒光屏。

　　他說：「半人馬座的主星消失了！」

　　「相信我已經找到太空船上產生異常重力的原因，你現在看着的是南十字星座和半人馬座，本應在最右邊那顆半人馬座的主星不見了。」黑斯廷斯說。

　　我注意到兩件事：德夫林進入這裏後，黑斯廷斯的「眼睛」——攝影機——始終盯着我；而他剛才說的那番話，就像德夫林沒說過話一樣！

　　黑斯廷斯繼續說：「唯一的解釋是，它和太空船之間有

些什麼東西把光擋住了。既然我們看不見它,它又能產生巨大的引力。我的結論是,太空船正在接近所謂『黑洞』。」

我的嘴巴開始不聽使喚了,好不容易才問出一句:「那麼我們是不是會灰飛煙滅?」

「我不知道,從來沒有人類和『黑洞』接觸的記錄。我沒有辦法使太空船擺脫這股引力,即將要被吸進去了。」

我可以感覺到身體越來越僵硬,硬得無法轉身去看德夫林。我依然看到控制台,但視線逐漸模糊,只見控制器上的數字顯示太空船的速度已經接近光速! **10**

就在簡報傳達室外的走廊上，我聽到了一種熟悉的聲音，那是德夫林拖着瘸腿走路的腳步聲。急於要見到他的心情使我忘掉了疲倦，但當我們面對面時，我的腿軟了。如果不是德夫林一把抓住我的手臂，我已經倒在地上了。

「看來是那不斷增加的重力影響了你。」他說，「我也感覺到，但不像你那般糟糕。我扶你進去簡報傳達室吧！」

德夫林讓我在簡報傳達室的大型熒光屏前面坐下來，然後他開啟熒光屏，坐在我旁邊。映照出來的影像跟中央操控室熒光屏上顯示的一樣，是太空船前端的攝影機攝得的景色，黑斯廷斯似乎把鏡頭集中在一小羣星星上。

「找到它了，那是南十字星座和半人馬座。」德夫林說，「咦，半人馬座的主星消失了。」

「星星是不會消失的！」我說。

「你當然說得對。它不是『消失』，只是它和太空船之間有些什麼東西把光擋住。」

我看不見有什麼東西。

「你不會看見，因為它是全黑的，而且具有巨大的引

力。」德夫林説，「我們無論如何都擺脱不了這股引力！」

　　德夫林説的是一個「黑洞」！

　　「那表示我們即將灰飛煙滅了嗎？」我問。

　　「我不知道……但我們很快會被吸進去。看那控制器，太空船已經接近光速移動了！」

　　我覺得自己的肌肉變得僵硬，身體再也無法移動。我眼角瞄到控制器上記錄着十分之一秒那一行的數字明顯變慢了，熒光屏變成一片白色。德夫林還在説話，但他的聲音越來越低，語速越來越慢，慢得我聽不懂。房間好像在縮小，忽然之間所有東西都蒙上一層光亮的虹彩。沒有聲音，沒有移動，全部好像一下子凝結住了！ **11**

　　控制器上記錄着十分之一秒那一行的數字明顯變慢了，熒光屏變成一片白色。德夫林還在說話，但他的聲音越來越低，語速越來越慢，慢得我聽不懂。房間好像在縮小，忽然之間所有東西都蒙上一層光亮的虹彩。控制器上的數字終於停下來了，四周再也沒有一點動靜，只餘下寂靜，全部好像一下子凝結仕了！我仍舊有一種「活着」的意識，但我的心一片空白，沒有思想，也沒有感覺。

　　不知道這樣過了多少時間，虹彩逐漸消褪，周遭開始恢復正常。房間看去還是跟之前一樣，控制器再次運作，熒光屏重新出現影像。我的肌肉鬆弛了，速度也退回原樣，我終於能夠開口說話了！

　　「那是月球！」我叫道，「是地球的衛星月球……月球和地球剛好在同一水平線上，遮擋着地球。為什麼我們又回來了？那是不可能的！」

　　「你錯了，我們身處另一個宇宙。在我理清現在的處境前，我先讓太空船以固定的軌道環繞這個星球運行。」黑斯廷斯說。

「不，你沒錯。」德夫林對我說，「我們經歷了時間翹曲，那顯然是地球的衛星月球。看來那枚射擊我們的導彈十分接近黑斯廷斯的『腦部』，我認為它『失去理智』了！但你不用擔心，既然它要進入運行軌道，我們便可乘穿梭機降落到美國月球殖民地，地球上任何戰爭都不會觸及它。我先到穿梭機停泊艙去，別來晚了，否則我不會等你。」

我目送德夫林離開房間，回頭看到那張激光金磁碟在我椅子的扶手上。那張閃閃發亮的金磁碟上映照出熒光屏上的影像，那並不是月球！我擦眼再看清楚，那是一個荒蕪的紅色星球，有兩顆衛星懸掛在無雲的天空上！

德夫林正在穿梭機停泊艙，等着我一起離開，我該跟他走嗎？ **12** 黑斯廷斯曾說「你錯了」，它究竟「看見」什麼？我想問一問它。 **14** 我不想降落在一個不認識的星球上，也不想獨自留在太空船上，和一個可能「瘋」了的電腦在一起！

11

我不知道這樣過了多少時間，只是感到周遭開始逐漸恢復正常。控制器再次運作，熒光屏重新出現影像。我的肌肉鬆弛了，終於能夠開口説話：「快看熒光屏！上面顯示的是月球，地球的衞星月球。月球和地球剛好在同一水平線上，遮擋着地球。為什麼我們又回來了？那是不可能的！」

「有理論説黑洞是一種時間翹曲，不是嗎？這顯然是月球！」

看來太空船正在進入環繞這『月球』的運行軌道。

「好極了！」德夫林説，「我們可以乘穿梭機降落到美國月球殖民地，地球上任何戰爭都不會觸及它，我要馬上去穿梭機停泊艙去。」

我大概是把激光金磁碟放在椅子的扶手上，當德夫林站起來時碰了一下金磁碟，使它飛越房間，剛好落在監察器的熒光屏上。空氣壓力使它在那裏停留了一會，然後才滑下去。

我看着熒光屏，金磁碟已經掉落地上，但它停留在熒光屏上的幾秒鐘之間，影像改變了。我看到的並不是月球，而

是一個沒有大氣又荒蕪的紅色星球！

「不要問我那是什麼！」德夫林説，「現在又變回月球的影像了。」

我仍舊凝視着熒光屏。

「如果你要解釋，我可以給你解釋一下。射擊我們的導彈十分接近黑斯廷斯的『腦部』。你也許沒有注意到，它好像沒有發現我這個人似的。剛剛那錯誤的影像，看來是它再次『失靈』的證明。我認為黑斯廷斯早晚會『失去理智』，我希望在這種事發生之前離開太空船。快跟着我來，別來晚了。我不會等你的！」

德夫林走了。如果他關於黑斯廷斯的話沒有説錯，我就應該跟他走。 **12** 我認為導彈沒有在黑斯廷斯的「腦部」附近造成損害，但為什麼只有金磁碟接觸熒光屏時影像才改變？我倒想聽聽黑斯廷斯是怎麼説。 **13** 我不想降落在一個不認識的星球上，也不想獨自留在太空船上，和一個可能「瘋」了的電腦在一起！

我在停放穿梭機的左舷艙裏找到德夫林，他當真已經爬進了穿梭機的外艙門。

他說：「再晚一分鐘的話，我就不等你了。我不想冒險改變征服號的航行軌道，得預先設定好穿梭機登陸的所有程序，現在一切已經準備好了。」

我登上這艘可載六人的穿梭機，坐到德夫林旁邊的副駕駛員座位上。我們進來後，便把左舷艙的內門關上，排清艙裏的空氣。我看到壓力計的數字降至零，左舷艙的外門開始出現一道縫，緩緩打開。

門打開了，我看到月球表面上那些山脈和火山口的黑影，使我的懷疑頓時消失。火箭發動機開始運作，我感到一股力量把我壓向後面的厚墊椅上。穿梭機很快儲滿能量，向前移動，離開征服號的船艙。

我看到巨大的哥白尼環形山，眼睛順着亞平寧山脈向靜海看去。在那平靜的月亮「海」附近，就是美國月球殖民地。

德夫林已讓穿梭機垂直穿過非常稀薄的月球大氣，進入

環繞月球的軌道。我們繞過哥白尼環形山，飛越雨海。

穿梭機突然晃動起來，傳來金屬機身的咯咯響聲，接着一塊像小石頭的東西在前面一閃而過。

「流星！」德夫林叫道。

穿梭機尾部似乎受到一下沉重的撞擊，使我們不斷翻滾！德夫林連忙改為手動操控，終於使穿梭機恢復了平穩。就在這時，我注意到穿梭機滑翔下去的角度非常斜，速度也太快了。

他大叫道：「我必須關掉發動機，抓緊，預備強行降落！」

穿梭機和地面第一下接觸，使我猛力向前衝去，我覺得座位上的皮帶扯得斷掉了！第二下碰撞把我整個人扔出座位，然後我便失去知覺了！ 17

13

當我走進中央操控室時，黑斯廷斯的「眼睛」──攝影機──向我轉過來。

「看到你經歷了剛才的事仍能活下來，我很高興。」

我在主控制台前坐下來，問道：「說實在的，我們剛才到底遇到了什麼事？」

「我們穿過了所謂『黑洞』，進入了另一個宇宙。我認不出遠處那些星系，相信是因為我們現正身處另一個宇宙。這裏和我們之前的宇宙可能是被空間，又或是時間隔離開來。」

我看着熒光屏，上面顯示着我在簡報傳達室看到的月球。我請黑斯廷斯告訴我，熒光屏上的到底是什麼星球。

「那星球和火星有點相似，不過它比火星更大，而且我的儀器探測到一種與地球相似的引力。如果不是環繞它那兩顆衛星，一定會誤認作火星。」

我帶來了那張金磁碟，當黑斯廷斯說話時，我一直注視着閃亮的金磁碟上反映出來的熒光屏。

「上面沒有海洋，山下面有些乾谷。極冠上有一些

『冰』，乾谷上空有一些淡雲。但這並不是水，而是二氧化碳。星球上的大氣稀薄，主要是氮氣。以上種種跡象均顯示這是一個死星球。」

熒光屏上的明明是月球，但黑斯廷斯的描述正好符合金磁碟上反映出來的影像！德夫林說黑斯廷斯的腦部受損，這並不符合事實。如果有人「瘋」了，看來那就是我……德夫林是一個幻象嗎？我無法相信這一點！

穿梭機仍未離開太空船，如果它已經出發，黑斯廷斯一定會察覺。我到穿梭機停泊艙去看一看也無不妥，只是去看看德夫林在不在那裏。**12** 但有種預感叫我留在原地，那就是一個可怕的念頭：我會把自己幻想出來的伙伴帶到一個古怪又危險的星球！ **16**

14

我重新凝視着控制台上的熒光屏，它仍舊顯示着同一個月球，地球仍然隱藏在月球後面。

我對黑斯廷斯説：「剛才你説我們身處另一個宇宙，是什麼使你如此肯定呢？」

「我不認識眼前這個奇怪的星球，但這可能只説明我們身處之前的宇宙中另一個星系裏。因此我嘗試測定遠處看得見的各個星系，仍沒有一個是認識的。相信我們現正身處另一個宇宙，而這裏和我們之前的宇宙有機會是被空間，又或是時間隔離開來。」

我請黑斯廷斯描述一下熒光屏中顯示的「星球」，比如它的大氣和引力。我想盡量多問一些信息，看看太空船的掃瞄裝置究竟記錄了什麼。

「那星球和火星有點相似，不過它比火星更大，而且我的儀器探測到一種與地球相似的引力。如果不是環繞它那兩顆衛星，一定會誤認作火星。」

當黑斯廷斯説話時，我的視線從熒光屏轉到金磁碟，看看上面反映出來的影像。

「上面沒有海洋，山下面有些乾谷。極冠上有一些『冰』，乾谷上空有一些淡雲。但這並不是水，而是二氧化碳。星球上的大氣稀薄，主要是氮氣。以上種種跡象均顯示這是一個死星球。」

雖然我沒有看熒光屏，但黑斯廷斯的描述正好符合金磁碟上反映出來的影像！德夫林說黑斯廷斯的腦部受損，這並不符合事實。如果有人「瘋」了，看來那就是我……德夫林是一個幻象嗎？我無法相信這一點！

穿梭機仍未離開太空船，如果它已經出發，黑斯廷斯一定會察覺。我到穿梭機停泊艙去看一看也無不妥，只是看看德夫林在不在那裏。 **12** 但有種預感叫我留在原地，那就是一個可怕的念頭：我會把自己幻想出來的伙伴帶到一個古怪又危險的星球！ **16**

15

　　雖然黑斯廷斯和我自己的邏輯都告訴我德夫林並不存在，但我仍無法撇下他離開！至少我無法帶着這種思想——讓德夫林獨自死在紅色星球上——度過餘生。我必須到外面去看看！

　　我把自己的決定告訴黑斯廷斯，並保證我會盡量保護自己。當我穿太空衣時，我看見那張激光金磁碟在穿梭機地板上，它顯然是從我的口袋裏滑出來。我把它塞進太空衣的一個口袋，然後揹上氧氣背囊，戴好頭盔，最後在手腕上戴上一個小儀器。

　　這個小儀器設有無線電裝置，能轉播穿梭機的無線電，這樣我就能一直跟黑斯廷斯保持聯繫。小儀器有一個警報系統，會提醒我氧氣的供應情況。它還有一個微型電腦慣性制導系統，這樣就能不受星球的磁場干擾，把距離和方向記錄下來。

　　我打開內氣密室的門，等待氣壓平衡，便打開外艙門，踏足星球的表面。地面平坦，岩石上幾乎不沾灰塵，這樣就沒有腳印留下來了。

　　我審視四周的環境，遠處有山，我朝着那邊走過去。當我走近一點，便看到一排懸崖。看來這裏是一個高低不平的地帶，高處成一列小山崗，低處成一個個坑窪。即使離穿梭機不遠，也不容易找到它。

　　終於我來到一個似乎能看清楚四周的地點，看見不少由岩石碎裂成粗砂的平地。但上面毫無痕跡，到處都沒有德夫林的蹤影。

　　我一直有觀察手腕上那小儀器的數據，只是沒有注意距離指示器，這時我突然發現它只記錄至一百米！我很擔心，這小儀器的數據出錯了，那麼氧氣供應的情況可能並不準確，而我也不會知道穿梭機在哪一個方向了！ **18**

熒光屏的影像忽然改變了！月球消失，眼前出現的是黑斯廷斯曾經描述過，以及在磁碟上反映出來的紅色星球。我還看到一些別的東西，雖然只是一點亮光，但的確在熒光屏上掠過。

「穿梭機剛從左舷艙離開太空船，真奇怪。如果沒有出毛病，穿梭機是不可能自行發射的。」

「我不知道你為什麼否定還有一個人在太空船上，但現在你必須同意有其他人在吧，是德夫林駕駛那艘穿梭機。」

「我否定這件事，是因為至今仍沒有證據顯示尚有一個人在這裏。我將重新檢查數據，還會繼續追蹤這艘穿梭機。」

過了一會兒，黑斯廷斯報告穿梭機已成功在紅色星球上着陸。我請他嘗試通過穿梭機上的無線電，與德夫林聯繫。

「我一直嘗試這樣做，但沒有收到任何回應。只傳來穿梭機的自動導航信號，要求幫忙測定位置。真奇怪，現在這信號也終止了。我來試試所有頻率，以防星球上有什麼東西干擾或改變了頻率。」

趁黑斯廷斯嘗試聯繫穿梭機時，我開始思考各個問題。德夫林確有其人，而不是出自我的幻想，這使我大大鬆一口氣！但還有許多問題尚未解答，例如：德夫林真的以為自己是登陸了月球嗎？他是不是遇到了什麼麻煩？

征服號上還有一艘穿梭機，雖然我沒有駕駛經驗，但黑斯廷斯能夠在電腦上編排程序，使我降落在德夫林乘坐那一艘穿梭機附近。

黑斯廷斯依然沒有聯繫上德夫林，可能只是無線電失靈。我應該坐另一艘穿梭機去找德夫林嗎？ **20** 抑或再等一等呢？ **22**

我躺在駕駛員和副駕駛員座位之間的地板上，頭很痛，但似乎沒有撞破。穿梭機裏似乎沒有其他人，德夫林到哪裏去了？

從我在地板上躺着的地方，只能通過頭頂那觀察窗看到黑暗的星空。穿梭機內並不昏暗，四周沐浴着月光——如果這真的是月球，那就是「地球的光」。

當我撐起身體時，我注意到一個古怪現象：所有東西都有兩個影子！我勉強坐起來，望到外面是一個紅色岩石的荒原。遠處有山，但我知道那不是亞平寧山脈。如果我還有什麼疑問的話，那麼當我抬起頭來，看到兩顆巨大衛星投下的兩個影子，就能找到答案。這裏不是月球，也不是我認識的任何星球！

我通過穿梭機裏的無線電呼叫黑斯廷斯。

「我一直在等你呼叫，我追蹤到穿梭機的降落速度和角度都太大了，你受傷了嗎？」

我表示沒有受傷，但不知道穿梭機有沒有損壞。我告訴黑斯廷斯，德夫林曾駕駛穿梭機，但現在他不在了。黑斯廷

斯停了一下，然後再度說話。

「外面的大氣數據怎麼樣？」

「很稀薄，百分之九十七是氮氣，無法正常呼吸。」

「穿梭機帶上多少套太空衣？」

「六套。」

「現在穿梭機上有多少套？」

「還是六套。」

「那就表示沒有人離開過穿梭機。現在我會檢查穿梭機上所有系統，如果它們仍能運作，我可以在穿梭機的電腦上編排程序，讓你回到征服號。」

黑斯廷斯的邏輯沒有毛病，是我自以為降落在月球上。而且，它也確實指出德夫林只是幻象！如果它是對的，我已經無法信任自己的腦袋，最安全的辦法是返回征服號。**19**但假如德夫林是真有其人，我駕着穿梭離開等於把他拋棄在一個死寂的星球上，我又怎能這樣做呢？ **15**

18

黑斯廷斯能夠透過無線電信號，確定我和穿梭機的位置。我向太空船呼叫，卻沒有回應。我手腕上的小儀器失靈了！

我必須在氧氣用完前，就返回穿梭機。我抬頭一看，希望能從這裏的地形辨認出方向。在不遠處，一個熟悉的人影逐漸走遠。那是德夫林，但他沒有戴上防護頭盔，也沒有穿太空衣！

關於德夫林的所有疑問，再次湧上心頭。征服號和穿梭機上的儀器都指出人類在這裏無法呼吸，是儀器錯了，抑或是德夫林根本不需要空氣，因為他實無其人。

他離開時，我看到那兩顆衛星正在他頭頂的天空中緩緩下沉。我離開穿梭機時是面向着它們走去，如此看來，穿梭

機應該在我身後的什麼地方吧。德夫林是真有其人嗎？這裏
的大氣適合人類呼吸嗎？如果我跟着他走，就會離穿梭機越
來越遠。 如果我拋下德夫林，設法去找穿梭機，也許
在找到之前氧氣已經用完了，而我同樣會失去德夫林。

只有一種情況是黑斯廷斯出錯，那就是穿梭機上本來有七套太空衣。一套太空衣的氧氣背囊可用一小時。如果我等一小時而德夫林還不回來，那不是德夫林並無其人，就是他已經在外面死掉。

我等了一小時零一刻鐘，穿梭機內所有系統都仍在運作。我呼叫黑斯廷斯，請它在穿梭機的電腦上編排程序，讓我飛回去。起飛不太平穩，但整個航程尚算順利。

我重新走進中央操控室，馬上注意到熒光屏上再沒有顯示出那個月球。它顯示出來的影像非常熟悉，正是我剛才待過那荒蕪的紅色星球。幻想出不存在的人和看見不存在的東西並沒有讓我擔心，但我必須和黑斯廷斯談一談這件事。

「我們要等一會兒再談了，現在空氣流通系統的控制裝置出了毛病。我啟動了備用裝置，但仍不起作用。」

那裝置靠近穿梭機停泊艙，我建議親自去把它轉到人工操作系統，直至修理好為止。當我正要離去時，熒光屏突然變成一片空白。

「等一等，出現了更嚴重的問題。看來整艘太空船都出

了故障，所有備用裝置都不靈了。我擔心我自己的……自己的邏輯線路……語言翻譯線……」

　　黑斯廷斯的聲音中斷，主控制台的燈光全熄滅了。黑斯廷斯對我來說就如一個人，我知道它已經「死」了。黑斯廷斯死了，征服號也快完蛋了！

　　一切不可能偶然發生，這只有一個解釋：從紅色星球回來的不僅我一人，還帶來了一些「破壞因子」！

　　我大概還能活幾小時，甚至幾天，但我的命運早已註定。我將會在一艘死船上，永遠在另一個宇宙中環繞一顆紅色星球旋轉。

　　　　　　　完

20

　　我乘坐征服號上的第二艘穿梭機，滑過那星球的表面。在着陸前的幾秒鐘，我看到第一艘穿梭機就在離右舷幾百米的一個平底坑裏。

　　我安全着陸，然後利用穿梭機上的分析儀器檢查外面的大氣。數字顯示外面的空氣稀薄，含百分之九十七氮氣，表示人類無法在這裏呼吸。穿太空衣時，我看見那張激光金磁碟在穿梭機的地板上，顯然是從我的工程服掉下來的，我連忙把它塞進太空衣的一個口袋。接着，我揹上氧氣背囊，戴好頭盔。我浮游似的離開，朝着另一艘穿梭機走去。

　　我覺得十分奇怪，氣密室內外的兩道門都打開了。我走進穿梭機，裏面是空的。無線電裝置沒有反應，機艙內所有儀器都停止了運作。當我打算離開時，忽然注意到一件不尋常的事：每艘穿梭機均備有六套太空衣，而六套全在這裏！

　　我檢查了穿梭機外面的地面，但它和我越過的其他地方都是不沾灰塵的岩石，不會留下腳印。我只好向四周察看，到處尋找線索。

　　我的手腕上戴着一個小儀器，確保我不會迷路。它設有

　　無線電裝置，讓我能跟黑斯廷斯保持聯繫。小儀器有一個警報系統，會提醒我氧氣的供應情況。它還有一個微型電腦慣性制導系統，用來記錄距離和方向。

　　我幾次來到一些高地，看見遠處有山，還有一些由岩石碎裂而成粗砂地帶，可惜上面毫無痕跡，完全沒有德夫林的蹤影。

　　我一直有觀察手腕上那小儀器的數據，只是沒有注意距離指示器，這時我突然發現它只記錄至一百米！我很擔心，這小儀器的數據出錯了，那麼氧氣供應的情況可能並不準確，而我也不會知道穿梭機在哪一個方向了！ **18**

當穿梭機下降時，黑斯廷斯通過無線電解釋，穿梭機上的攝影機已經偵測到這星球的地面情況。發來信號的地區岩石太多，不能安全着陸，因此會讓我在數百米外的一個平地降落。降落後，黑斯廷斯會指引方向。

穿梭機成功着陸，接着我利用分析儀器檢查了外面的大氣。數字顯示外面的空氣稀薄，含百分之九十七氮氣，表示人類無法在這裏呼吸。

穿太空衣時，我看見那張激光金磁碟在穿梭機的地板上，顯然是從我的工程服掉下來的，我連忙把它塞進太空衣的一個口袋。接着，我揹上氧氣背囊，戴好頭盔，還在手腕上戴上一個小儀器。這個小儀器設有無線電裝置，能轉播穿梭機的無線電，這樣我就能一直跟黑斯廷斯保持聯繫。小儀器有一個警報系統，會提醒我氧氣的供應情況。它還有一個微型電腦慣性制導系統，負責記錄距離和方向。

我浮游似的離開穿梭機的氣密室，踏足星球的表面。地面是平滑的岩石，幾乎不染灰塵。我按照黑斯廷斯指引我的方向，開始緩慢地前進。

　　看來是直線行走的路線，應該不會迷路。走了一會兒，我才察看手腕上的小儀器出了毛病。

　　我慢慢轉過手臂，看着方向指示器。但它動也不動，距離只記錄至一百米。我很擔心，穿梭機上的儀器會不會也出現什麼故障？

　　儘管小儀器上顯示的資料出錯，但我認為該沿着一條直線前進。我只離無線電信號的來源數百米，大概不會太遠。

　　我真的應該繼續走 **27**，還是先跟黑斯廷斯確認一下我的位置？ **18**

22

　　一個無線電信號打破了中央操控室的寂靜，聽來是一個呼叫信號，會是穿梭機的歸航信號嗎？

　　「這不是從穿梭機發出的，各種檢查均顯示穿梭機上不僅是無線電，所有儀器都失靈了，包括穿梭機上的電腦、推進器和導航系統。我接收到的信號非常弱，波長非常長。信號的內容有點莫名其妙，我正在搜索信息儲存庫。」

　　信號一直持續，聲音三短，三長，又是三短；接着從頭開始，又是同樣的順序。

　　「我認為這是一個電碼，應用了上世紀末的摩斯密碼。我們聽到的聲音代表三個英文字母：SOS。它們不是任何字詞的縮寫，而是當時世界通用的求救用語。」

　　「會是德夫林發來的嗎？」我問。

　　「大概不是，穿梭機上沒有儀器能發這種波長的無線電信號。因為信號太微弱，我無法確定它的準確來源，但估計是在離穿梭機着陸地點約一公里的地方。我已經採用摩斯密碼告知對方已接收到信號，還告知了太空船的位置，暫時還未收到回應。」

現在我已經決定了怎麼辦，於是請黑斯廷斯在另一艘穿梭機的電腦上編排程序，安排它在盡量靠近發來神秘求救信號的地點着陸。

「等你到達穿梭機時，一切都會安排好。你只須進入穿梭機機艙，啟動發動機便可。但我必須提醒你，萬一途中失去無線電聯繫，我就無法及時幫助你了。征服號沒有作着陸的設計，強行着陸在技術上可能做得到，但非常危險。即使真的着陸了，也不能重新起飛。」

我告訴黑斯廷斯明白這風險，接着就到停放另一艘穿梭機的右舷艙去。 **21**

我轉身離開德夫林的身影。

隨着我背後落下去的兩個衛星，我猜想是早晨的天空出現了變化。黑色的天空變成了深紅色，卻依然昏暗。

我回頭看了兩次，再也看不到德夫林的身影。我走的方向可能不正確，但我希望至少不會在這裏繞圈子。於是我停下來仔細觀察周遭的地形，在我右邊有一些岩石，那輪廓較容易記住。

當我在看那些岩石時，紅色的太陽彷彿掙脫了地平線，用第一道晨光掃射那些岩石。岩石一時好像變活了一樣，好像一些古怪的動物被陽光一照，疾縮到陰影裏去。我眨眨眼睛，現在什麼都沒有動，也許我剛才看到的只是一些移動的影子。

我勉強聽到一些聲音，微弱但很清晰。跟小鳥吱吱的叫聲有點相似，卻不是小鳥。我告訴自己這只是岩石被太陽曬得滾燙而發出的聲音，但我有一種強烈的感覺，我被監視着！陰暗的岩石縫後面，有陌生的眼睛監視着我的一舉一動！我匆匆走開，向着更開闊的地方前進。

　　我來到一個粗砂地段，上面有某些痕跡──不是人的腳印，大概也不是動物的腳印。這痕跡包括三道連續不斷的窄線條，外面兩道是平行的，相距不足一米。中間一道比較彎曲，有些位置甚至壓過了外面兩道平行線，像是千方百計要逃離困住它的線條。

　　我推測那痕跡是來自一種機器，雖然我想像不出有什麼機器能在這個星球上行走。不過，有機器就表示這裏擁有具智慧的生命。這些痕跡與我正在前進的方向相同，我加緊腳步跟着走。　27

有些東西嗒的一聲輕輕落到地面，恐懼感消失了。我轉過身來，看見一個毛茸茸的圓形物體鑽進樹叢中，牠看來比我的拳頭還要小。我彎腰撥開樹葉和樹枝，但什麼都沒有找到，只見一條寬闊的黏液，像是一條巨大的鼻涕蟲留下的痕跡。

我從口袋裏取出我離開穿梭機時塞進去的金磁碟，這張金磁碟有點奇怪。我把它反轉，放到另一隻手上去。沒想到手指黏上了一層黏液，使金磁碟滑落地上，滾開去了。它滾動時兩旁的草立即枯萎，就像被火烤焦了。

我抬起頭，整個峽谷全變了樣。綠色變成棕色，彷彿一切都在乾枯。山水光影消失了，天空萬里無雲，只有一片深邃的紅色。我向一塊光禿禿的岩石看去，這時一陣寒風帶來腐朽的氣味，隱約傳來了吱吱聲。我肯定那不是鳥鳴聲，而是一種說不出的詭異聲音。

我的頭盔在離我幾米的地面上，是我向小鹿走去時放下的。金磁碟掉在陡坡邊緣一塊很鬆的岩石上，和我只隔數米。我朝着它走一步，腳下那塊岩石隨即滑動，彎彎曲曲地

往下滾。下面已然不是淺谷，而是一個陡峭的深溝，溝底堆着凹凹凸凸的岩石。

那吱吱聲越來越響，雖然我什麼都看不見，也想不出這是什麼聲音。聲音越發尖厲，我知道必須離開這個地方！剛才鑽進來的岩壁裂縫在我身後不遠，我再向磁碟看了一下，只要小心點，看來還是可以再次拿回它。

那聲音從四方八面向我靠近，像是要切斷我逃走的去路。那金磁碟到現在為止已經兩次保護我避開幻象，我應該嘗試把它拿回來嗎？ **30** 抑或趁還來得及，抓緊時機儘快離開呢？ **26**

德夫林還在視線範圍內,他沿着一排懸崖一路走去。接着他一定是拐了彎,因為他忽然消失不見了!

我急忙追上去,來到德夫林拐彎的地方,只看到懸崖連綿不斷。我看不見德夫林,但他不可能走得太遠的。於是我去找找懸崖上的缺口,也許德夫林是鑽到裏面去了。

這裏有許多狹窄的小洞,大多數窄得無法讓人擠過去。最後我來到一個洞口,它比其他的寬而高。我向洞裏走了幾步,完全沒入了黑暗之中。前面有一點微光,我向着光源走了一段路,看到一條光亮的縫。我穿過它,似乎來到懸崖的另一邊,站在一個淺谷的邊緣。這淺谷看來就像地球上的原野!

綠色的草地、樹叢和樹木從我這裏伸展開去,下面是潺潺流水,水上映照着一道陽光,那陽光來自飄蕩着白雲的藍天。樹上鳥兒鳴囀,草裏昆蟲嗡響。我禁不住摘下頭盔,讓帶着夏日花香的微風輕撫我的皮膚。

我把頭盔放在地上,這時聽到旁邊的樹叢間有動靜。一頭母鹿帶着一隻小鹿出現,牠們毫不畏懼的樣子。我慢步向

牠們走去，脫下手套，摸摸小鹿天鵝絨般的脖子。

　　我彷彿返回地球，回到童年。我小時候住在森林旁邊，時常有一大羣馴鹿來我們的農莊，我會餵牠們吃東西。我忘了自己還穿着太空衣，下意識脫下另一隻手套，伸手到衣服裏找我以前時經常帶着的美味零食。

　　我的手指摸到了什麼硬的東西，原來是一張金磁碟！一陣恐怖的感覺突然掠過全身，我向小鹿轉臉過去，希望牠會使我覺得安全舒暢。但我摸着的小鹿不再像天鵝絨般柔軟，而是冰冷又黏滑！ **24**

26

　　我向岩石中的裂縫走去，順道撿起地上的頭盔。吱吱聲變得更響亮了，我馬上加緊腳步。這時我突然感到窒息，好像再也無法呼吸。剛才明明在那山谷裏呼吸了幾分鐘，難道只是幻象嗎？

　　為了呼吸，我必須重新戴上頭盔。也許只是乏力，但的確感到有某些東西把我雙臂往下拉。我用力抬起手，戴上頭盔。當頭盔滑過我的臉，我終於能再次呼吸！

　　事情還沒有完！當我想鑽進裂縫裏時，卻感覺到一股力量拉扯着我。我的太空衣像是被一些看不見的小手拉住，我連忙轉身對着空氣拳打腳踢地搏鬥。我捏緊的拳頭似乎打中了一些鬆軟又毛蓬蓬的東西，響起了一聲不可思議的呼喊，還有拚命抓住岩石的聲音，接着傳來一下叫人難受的尖叫，像是某些不知名的東西掉進山谷，只留下它恐怖的回聲。吱吱聲逐漸減弱，似乎是退回岩石裏去。

　　我又重新向着裂縫走過去，這次再沒有任何東西攔阻我的去路。我沒入黑暗，跌跌撞撞，不時撞到狹窄的岩壁。我什麼都不管，只一心要走出這個可怕的地方。

　　我來到懸崖的另一邊，然後拔足狂奔。我沒有思索究竟奔向何方，只想離開剛才那地方越遠越好。

　　我跑得上氣不接下氣，腳步開始慢下來，但仍是快步走着。我重新注意周圍的環境，這時我正穿過一個粗砂地段。上面有某些痕跡——不是人的腳印，而是三道窄線條。外面兩道是平行的，相距不足一米。中間那一道在外面兩道之間彎彎曲曲，有時會穿過它們。這肯定是機器留下的痕跡！ **27**

27

　　紅色太陽升起來了，陽光直接照在我臉上。我突然注意到前方有某些東西，但刺眼的陽光射在頭盔的塑料面罩上造成反光，使我看不清楚那是什麼。

　　「你摘下頭盔，就能看得清楚。」

　　那不是德夫林的聲音，我猶豫了一下沒有回答。不僅因為這是陌生人的聲音，同時是在考慮該不該摘下頭盔。

　　「噢！看來你的儀器告訴過你，這個星球上的大氣是不適合人類呼吸。但我告訴你，你用不着戴頭盔，把它脫了吧。」

　　雖然我連說話的人也看不見，但他的聲音帶有一種奇怪的權威。我把頭盔摘下來，彷彿沒有我選擇的餘地！

　　很難說哪一樣使我更吃驚：沒有了頭盔我居然能夠呼吸，還是我面前坐着這個打扮古怪的人。

　　他看上去像是地球二十世紀初的人，身上穿的衣服相信是叫諾福克上衣，那是一種有腰帶的男裝寬上衣。他穿的花呢褲子長及膝蓋，再配上一頂遮簷帽。厚羊毛襪包裹着他半截小腿，腳下穿着一雙綁着鞋帶的沉重皮靴。那一張紅潤的

臉上有一把修剪整齊的鬍子，唇上有兩撇髭，戴着一副金邊小眼鏡。從他的裝束和外貌讓人很難判斷他的歲數，我猜大約是三四十歲吧。

　　他坐着的東西能在地球的交通博物館裏看到，那是一輛三輪腳踏車！

　　「你的太空船在那邊。」他指着遠處。

　　我向他解釋，那只是一艘往返穿梭機。我的太空船正在頭頂上許多公里的高空運行。他問我為何不斷撥弄手腕上的儀器，我告訴他這儀器能發出無線電，讓我跟太空船聯繫，不過它失靈了。

　　「放心，」他說，「我可以帶你回去那艘穿梭機 **29**，或者帶你到我的太空船，那裏也有無線電裝置，而且比較近。」 **28**

28

　　那人説：「請原諒我的失禮，我的名字叫本尼迪特。我只是因為太久沒看到另一個人類，才變得這麼激動。你要知道，我是1926年來到這裏的。」

　　我看看他，一臉不相信。

　　「在地球上現在是2066年，經過了那麼多年……」

　　本尼迪特打斷我的話，説：「我應該變得異常地老，對嗎？但我顯然不算老，這全是時間和相對論的關係，當然我不指望你會明白。有一次我在意大利遇見一個德國年輕人，他好像明白這個道理。他叫愛因斯坦，除了他就沒有人明白。哈哈，我太嘮叨了。趕快坐上後面的座位吧，我送你去我的太空船那裏。」

　　本尼迪特在崎嶇不平的地面上用力蹬車，我抓緊車上的行李架。他的嘴巴一直沒有停下，不斷詢問征服號的事。

　　我向他解釋，這艘太空船命名為「征服二號」，那是因為它計劃在2066年10月14日發射。這正好在諾曼第人入侵英國，發生黑斯廷斯戰役*——史稱「諾曼第征服」——的一千年之後。我描述了整個製作過程，還向他介紹黑斯廷斯

這個電腦系統。

　　本尼迪特看來不如我想像的那麼驚訝。

　　他説：「我也有一部電腦，那是我是用巴勒斯牌計算機做的。它不會説話，但我記得在布萊頓火車站有一部稱量機能説話，還可以替你算命呢。」

　　他半轉過身來，看到我仍舊盯着手腕上的小儀器。

　　「你剛才是説裏面有一個無線電裝置嗎？看來人們把真空管做得比我那個年代小多了。」

　　我告訴他真空管早在一百年前已被淘汰，現在採用的是晶體管，線路蝕刻在小硅片上。從無線電到電腦，所有電子儀器都應用到小硅片。

　　「難怪你的儀器不靈了。」本尼迪特説，「這個星球上的生物不是依靠碳化合物來生存，而是以硅元素維生。牠們會『吃』這裏的硅礦物，有些生物小得會在大氣中飄浮。你那些硅片對牠們來説，顯然是一頓大餐。好，到達我的太空船了！」 **31**

＊ 黑斯廷斯戰役發生於1066年，法國諾曼第的威廉擊敗英王哈羅德二世，建立了諾曼第王朝。

那人説：「請原諒我的失禮，我的名字叫本尼迪特。我只是因為太久沒看到另一個人類，才變得這麼激動。你要知道，我是1926年來到這裏的。」

「在地球上現在是2066年，如果你是1926年來到這裏，你應該……」我看看他，並不相信他。

本尼迪特打斷我的話，説：「非常老了，對嗎？但我顯然不算老，這全是時間和相對論的關係，當然我不指望你會明白。有一次我在意大利度假，遇見了一個年輕人，他竟然完全明白。嗯，我記得他叫阿伯特什麼的。」

「阿伯特·愛因斯坦。」我説。

「你認識他？你不可能認識他！你太……」

「太年輕了，」我説，「我讀過他關於相對論的書。」

「了不起！」本尼迪特大叫起來，「看來他真的明白我對他説的話。不過，我暫且不嘮叨了。趕快坐上後面的座位吧，我送你回去你的穿梭機那裏。」

本尼迪特在崎嶇不平的地面上用力蹬車，我坐在後座顛簸不已，必須抓緊才不致摔下車，而他的嘴巴一直沒有停下。

「你的太空船一定很大。」

「是的，『征服二號』算是巨型的太空船。」

「好，不用你來說明！」本尼迪特邊回想邊說，「你說現在地球上是2066年，法國人入侵英國——諾曼第征服——是在1066年。因此我推測『征服二號』的發射時間正好是在黑斯廷斯戰役*的紀念日，即10月14日。」

我回答：「不完全是，雖然這艘太空船的確是由一個名叫黑斯廷斯的電腦系統來駕駛。」

我把整件事情的來龍去脈告訴了本尼迪特，他只是說：「我也有一部電腦，那是我是用巴勒斯牌計算機做的，還參考了勒芙蕾斯夫人對巴貝奇先生*研發的差分機所寫的筆記。不過，我還未給它起一個名字。」

「黑斯廷斯除了能駕駛太空船，還會說話。」我說。

「真的？在布萊頓火車站有一部稱量機能說話，還可以替你算命呢。到達你的穿梭機了，如果我的車開得太慢，請你見諒，我不太習慣運送旅客。」 **34**

---

* 黑斯廷斯戰役發生於1066年，法國諾曼第的威廉擊敗英王哈羅德二世，建立了諾曼第王朝。

* 查理斯·巴貝奇（1792-1871年），英國數學家及工程師。他花了四十年時間發明差分機，和近代電腦非常相似。

我知道前面那斜坡上的岩石非常鬆軟，因此我趴下來，用手抓住一塊看來牢固的岩石，小心地一步一步走下去。我的靴子不斷往下滑，雖然點搖搖晃晃，但終於站穩了。我伸手出去，摸到了那張金磁碟。

我的思想太集中於不讓自己跌到谷底去，以致沒有發覺那吱吱聲已經停止。當我伸觸碰到那張磁碟時，這個星球的太陽已經染紅了天空，在山谷遠處的懸崖露出紅色的半圓。陽光映照在我手中閃亮的金磁碟上，再反射到上面的岩石上。在光照到的地方，我察覺到有些動靜。

我把金磁碟轉來轉去，然後我看到有些什麼東西匆匆退進陰影裏，當然也有可能只是光影浮動。

我開始慢慢地往上攀登，盡量踏穩每一步。我快到堅固的岩石邊緣了，而那道逃走的崖縫只和我相距數米。我剛剛站穩，一不小心又把磁碟丟下去了。它落在一塊又小又尖的岩石上，恰好能保持平衡，輕輕晃動着慢慢旋轉。太陽依舊照在它上面，光射向四面八方，在周圍的岩石上掠過，照亮每一個陰暗的坑窪。

在我面前不到一米，我看到了第一隻，接着是第二隻，然後是第三隻……牠們在我周圍，有坐着的，有站着的，有的靠着岩石，有的古怪地移動着。沒有兩隻完全相同，也沒有任何語言能準確形容牠們。就好像一些惡夢般的生物，每一隻都使人覺得古怪和可怕！

現在牠們全都動起來了，從我四周一湧而上！

本尼迪特的太空船看來是從科幻小說裏走出來似的。説得不客氣點，它的樣子完全不似能夠飛離地面。但至少它帶本尼迪特來到這裏，而他本人也為這艘太空船感到自豪。

「它是用液體燃料推進，而且是多級火箭。」他解釋，「第一、二兩級在飛行中脱落以減輕重量。」

我必須承認，這個主意在他身處那個時代非常先進。在上世紀中葉以前，我想不起曾有人設計出這種實用的火箭。

本尼迪特的回答令人驚訝，他説：「不對，在1903年有一個叫齊奧爾科夫斯基的俄羅斯人曾設計出一艘和這相似的火箭。我可以肯定，原始設計方案至今依然保存在地球的圖書館裏。」

「但它是怎麼來到這裏的呢？」我問道，「我們發明了氫聚變發動機，才製造出征服號。液體燃料火箭帶的燃料不足夠，應該不能飛到火星以外。」

本尼迪特回答：「啊！我可沒有這麼大的野心。我只是希望這艘太空船能把我送上月球，並有足夠燃料讓我返回地球……可是我像你一樣，飛進了一個『黑洞』。」

這句話使我完全弄胡塗了，我相當確定在本尼迪特那個時代，根本就沒有「黑洞」這個名稱。

「他們究竟是怎樣教你太空史的？」本尼迪特問道，「早在1783年，一位英國天文學家就描述過黑洞可能存在。我承認，當時我們並不知道怎麼才找能到黑洞，也不知道這僅僅是從一個宇宙前往另一個宇宙的通道。如果你奇怪我為什麼還在這裏，那是因為這個星球比月球大得多，我沒有足夠燃料完全脫離它的引力。只要能夠到達你的太空船，把你帶回地球去簡直是輕而易舉——如果你希望這樣做的話。」

我倒沒有想到過這件事，畢竟我是自願離開地球的。現在卻叫我從兩者之間作出抉擇，我該留在這個奇怪的星球，或是返回可能已被核戰爭破壞得一乾二淨的地球？ **32**

32

　「要你作這個抉擇也許十分困難。」本尼迪特補充說，「你首先得問問自己，是不是想離開這個星球？」

　他沒有停下等候答覆，只是邊說邊走向他的太空船。

　「我肯定它絕對不像你那艘征服號豪華，但它正好符合我的需要。我培育海藻作為食物，這裏也有電力，那是從我的腦袋產生的！電池和人腦的操作原理相同，同樣是由一塊薄膜分開溶液中的帶電粒子。」

　說到這裏他登上了太空船，我本想跟着走進去，他卻又掉頭走出來。

　「我的無線電裝置不見了！」

　我和他還未開口說話，不遠處突然響起了轟隆聲。幾秒鐘後，穿梭機在我們頭頂飛過，快速飛上天空，最後只看到它尾部一對發動機末端留下的尾巴！

　「是德夫林！」我說，「德夫林駕着穿梭機離開了！」

　本尼迪特回答：「不，如果有人打開穿梭機氣密室的內門，這個星球上的破壞灰塵會馬上毀掉所有儀器，因此裏面肯定沒有人。看來這件事跟我的無線電裝置消失不見有關，

有人用無線電指示你那艘太空船上的電腦，命令它讓穿梭機起飛。既然那人把我的無線電裝置帶走，肯定會再次使用它！但還能命令你那電腦做什麼事情呢？」

「我只能想到一件事情，就是讓太空船着陸。」我回答，「征服號沒有着陸的設計，強行着陸的確可能做得到，但也許再也不能起飛了。」

「對了，就是這麼一回事！」本尼迪特叫道，「德夫林要你以為他已經離開這個星球，但是他知道你仍有可能乘坐我的太空船逃走，因此他現在打算摧毀征服號！」

我看着本尼迪特，樣子也許很傻。

「你不明白，那是因為你還不了解德夫林實際上是什麼人。但還有一百萬分之一的希望，並非完全沒有機會！在你的太空船着陸前，乘我的太空船去和它會合。 **35** 萬一失敗了，就等於滅亡，你將會留在這個星球裏——活着，但永遠留下來。」 **41**

33

　　我伸手去拿旋轉的磁碟，希望只要逃離陽光，那些動物就會消失——至少從我的視線中消失！可是我腳一滑，便滑下了斜坡。我嘗試爬回去，但四肢完全不聽從我的指揮。在絕望中，我聽到自己的叫聲：「德夫林！你在哪裏？」

　　回答的只有回聲，回聲還未斷絕，就被吱吱聲淹沒了。這聲響比之前更響亮、更瘋狂！

　　我抬起頭一看，上面是一團團灰色黏液，牠們在周圍的岩石上延綿不絕。牠們沒有手腳，沒有臉孔。只有一隻紅色的獨眼，一眨不眨地盯着我。

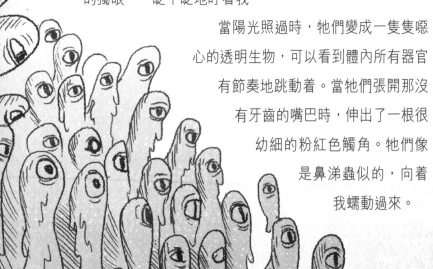

　　當陽光照過時，牠們變成一隻隻噁心的透明生物，可以看到體內所有器官有節奏地跳動着。當牠們張開那沒有牙齒的嘴巴時，伸出了一根很幼細的粉紅色觸角。牠們像是鼻涕蟲似的，向着我蠕動過來。

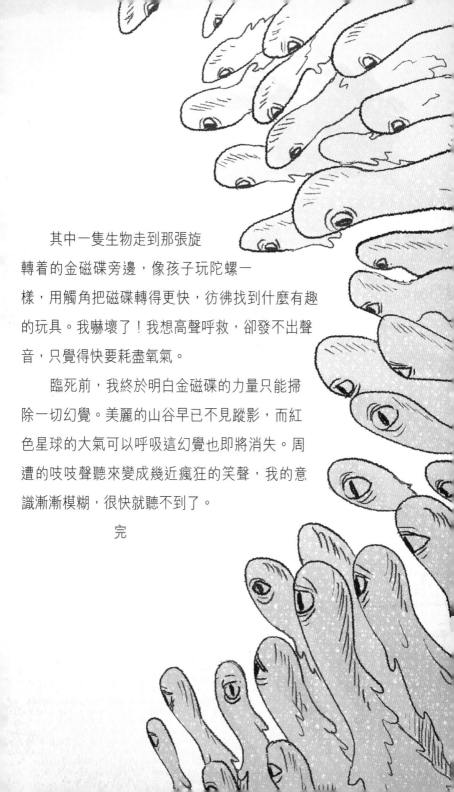

其中一隻生物走到那張旋轉着的金磁碟旁邊，像孩子玩陀螺一樣，用觸角把磁碟轉得更快，彷彿找到什麼有趣的玩具。我嚇壞了！我想高聲呼救，卻發不出聲音，只覺得快要耗盡氧氣。

臨死前，我終於明白金磁碟的力量只能掃除一切幻覺。美麗的山谷早已不見蹤影，而紅色星球的大氣可以呼吸這幻覺也即將消失。周遭的吱吱聲聽來變成幾近瘋狂的笑聲，我的意識漸漸模糊，很快就聽不到了。

完

本尼迪特看着我手腕上的小儀器，問：「你剛才是説裏面有一個無線電裝置嗎？」

「是的，」我回答，「這只是儀器的其中一個功能，不過現在統統都不靈了。」

「在我生活的年代以後，看來人們把真空管做得小多了。」

「無線電已不使用真空管一百多年了，」我告訴他，「後來改用了晶體管，線路蝕刻在小硅片上。事實上，從無線電到電腦，所有電子儀器都應用到小硅片。」

「難怪你的儀器不靈了。」本尼迪特解釋，「這個星球上有一種生物灰塵，牠們不像地球那樣依靠碳化合物生存，而是以硅元素維生。牠們會『吃』這裏的硅礦物，有些小得會在大氣中飄浮。你那些硅片對牠們來說，顯然是一頓大餐。只怕你一打開穿梭機，牠們便會把裏面所有儀器吃光。你還是到我的船上去，使用我的無線電裝置比較好。」

他説話時，我忽然看見德夫林站在不遠處，躲藏在岩石的陰影裏。他一定知道我注意到他，因為他把一隻手指放在

嘴唇上。

「回到後面的座位上去吧，」本尼迪特説，「我在路上還有事要做。」

我打算和本尼迪特一起走，我猜德夫林會跟着我們。我們沒走多遠，本尼迪特便把車停下來。

「水，」他説，「這星球水源很少，但岩石間有幾個露水池，會在夜裏積起露水。池水會在太陽出來一個小時後乾透，必須抓緊時間去取。請你移開點，你正坐在我的皮水袋上。」

本尼迪特從三輪車上拿出皮水袋，指着我們四周幾座最高的岩石。

「我要爬到上面去，相當難爬，你還是在這裏等比較好。等我回來，我們就到我的太空船去。」 **36**

我和本尼迪特一起進入操控室，太空船改變成起飛的形態，做好發射準備。太空船聽起來像是要爆炸一樣，但我們終於離開了地面，飛上紅色的天空。

太空船上的儀器顯示出我們位於四十公里的高度，這時我看見上面有一道閃光，我知道那一定是征服號！

本尼迪特在掏他的口袋，拿出某個東西，我認出它正是那張激光金磁碟。

「我找到了它，這似乎是屬於你的。我想用它來試試和你的太空船聯繫，希望你不會介意。我們沒有無線電，只能用摩斯密碼發光，希望你太空船上的攝影機會看見。你想一想，你的電腦怎樣才能認出這是你發出的信號。」

我想起與黑斯廷斯最後那盤還沒有下完的棋局。

「發出『後進至王四』這信號吧。」我説。**46**

本尼迪特走了,如果德夫林一直跟着我們,想要跟我說話的話,現在是他的好機會!我看着我們來的方向,卻看不見德夫林的身影。這時候我記起本尼迪特是蹬車的,德夫林似乎要過些時候才能趕到。

我向三輪車轉過身去,準備坐在它上面等。這時德夫林在離我不到一百米的地方走過來,奇怪的是他來的方向竟和我預想的方向相反。我向他招手,開始向他跑去。

他看見了我好像有點吃驚,但我還未開口,身後就響起了轟隆聲。幾秒鐘後,穿梭機在我們頭頂飛過,快速飛上天空,最後只看到它尾部一對發動機的兩個光點!

「真可惜!」德夫林說,「如果我留在原地,就能阻止他了。」

「阻止誰?」我問道,「誰在穿梭機裏?」

「除了自稱為本尼迪特的人,還會是誰呢?」德夫林回答,「我聽到你們的對話,看來根本沒有什麼吃硅的灰塵,證據就是那剛剛飛過我們頭頂的穿梭機!」

「他為什麼要這樣做?」我問道。

征服號太空船

「不管這本尼迪特是什麼人,或者是什麼東西,他的目的只有一個——征服號!」

我不相信黑斯廷斯會把我們扔在這裏,就此離開。

「不要指望黑斯廷斯了!而且我認為本尼迪特有足夠的智慧應付黑斯廷斯。我們現在只有一個辦法,我看過本尼迪特的太空船,上面有一個無線電裝置。我們可以用它讓黑斯廷斯在本尼迪特到達前,要求征服號強行着陸。我知道它再也不能起飛,但如果我們非留在這裏不可,我寧可住在征服號裏,也不住在這沙漠上!快來吧!」

德夫林已經跑起來,我想是向着本尼迪特的太空船跑去。如果德夫林説的話沒錯,我就只能跟着他走。**40** 但本尼迪特真的在那穿梭機上嗎?也許他就如之前所説,正在這星球上的一個露水池裏取水。**38**

37

　我開始明白，我又回到了征服號出發前的那一夜。但和當時的情況不同，我們不是準備起飛航行，而是要離開征服號！

　我問布朗斯琪為何不讓征服號起飛。

　「如果你參加過第一個會議，就會知道我很想讓它起飛。」她回答，「我們還對這件事進行了表決，除了五個人，其他人都決定發射征服號。」

　「但你沒有這樣做，」我說，「究竟出了什麼事？」

　「我也想知道出了什麼事，當那五個決定回地球的人出發到太空站去，我們馬上做發射準備。就在這時，征服號開始出現問題。」

　我心中大概猜到她要告訴我什麼。

　「太空船上的操控系統開始逐個失靈，我們試着解決這個問題。不過沒多久，駕駛這艘太空船的電腦系統也出現故障，我們無計可施。於是我把大家召集起來，讓他們到太空站去。」

　我本來可以告訴布朗斯琪所有系統失靈的原因，不過很

難叫她相信我的話。當穿梭機停泊艙的艙門打開時，本尼迪特那艘太空船帶來的破壞灰塵進入了征服號內部，把一切破壞掉。

　　我們登上進入太空站的通道，忽然想知道我在本尼迪特的太空船上看到那顆地球是在哪一年。不過，這事現在已經無關重要。除了征服號不能離開地球外，所有事情都回復了原來的樣子。

　　布朗斯琪再沒有説話，我也沒有開口。這時我心中突然湧起一陣厭惡的感覺，這將是我最後一次行走。轉眼之間，征服號、太空站和所有身處這裏的人全被熱尋導彈毀滅，化作宇宙的微塵。

完

38

　　當我向最後一次見到本尼迪特的岩石走去時，德夫林早已消失得無影無蹤。我知道自己無法阻止德夫林，然而在本尼迪特和德夫林這兩個人中，我會選擇信任本尼迪特。希望這個選擇沒有錯！

　　我來到岩石下方時，看見本尼迪特手持皮水袋，慢慢地爬下來。

　　我大聲地告訴他發生了什麼事，他匆匆忙忙地向我走來。

　　「我的三輪車呢？」他問。

　　我説它還在。

　　「可能已經太遲了，但不妨一試！」

　　我不相信三輪車走得這麼快，但只一會兒，我們就到達本尼迪特的太空船。

　　若非情況這麼緊急，我看到本尼迪特的太空船必然會大笑起來。他的太空船像是科幻小説裏的火箭，似乎根本不能離開地面。不過，這古怪的東西成了我最後的希望！

　　本尼迪特登上太空船，幾秒鐘後又出來了，説：「我們

太遲了，無線電已經被摧毀。我有備用零件，但要重新裝好至少要好幾個小時。」

「我不明白，究竟穿梭機裏的是誰呢？」我問。

「什麼人都沒有。只要打開了氣密室的內門，這個星球上的破壞灰塵就會毀掉穿梭機上的操控儀器，因此裏面肯定沒有人。它大概是依照無線電的指示，起飛返回你的太空船。」他解釋。

「只有德夫林會這樣做！」我大吼。

「你不了解德夫林是什麼人，對吧？但事實擺在眼前，德夫林不希望讓你離開這個星球。快告訴我，你的電腦會如何讓太空船着陸？」

「我猜它會讓太空船垂直下降至一定高度，然後用發動機減慢下降速度。」

「那麼，我還有辦法！」本尼迪特說，「跟我一起爭取這一百萬分之一的機會，在你的太空船着陸前，乘我的太空船去和它會合吧。**35** 不然你將會留在這個星球裏──活着，但永遠留下來。**41** 」

39

　　穿梭機停泊艙的外門開始關閉，慢慢地把地球和我們的視線分隔開。

　　我轉過身去，想跟本尼迪特説話，但我旁邊的座位空無一人。本尼迪特不在那裏了！這時候我發覺本尼迪特那艘太空船上的一扇門打開了，他大概有什麼事離開了，走到外面的穿梭機停泊艙。

　　我等了一會兒，本尼迪特沒有回來。我爬出太空船去找他，但他不在，而且艙裏其中一扇內門打開了。

　　我大叫本尼迪特的名字，沒有人回答。我離開穿梭機停泊艙，向征服號的中央操控室走去。征服號空空如也，像是被遺棄了似的。

　　我走進中央操控室，主控制台上所有操作燈都熄滅了。我跟黑斯廷斯説話，同樣得不到回應。

　　我離開中央操控室，前往船員的生活艙。當我走近簡報傳達室時，突然聽到室內有人聲。我匆匆走到開着的門，那裏只有一盞燈亮着，有人背對着我站在室內暗處。那人聽到我的腳步聲，連忙轉過身來。眼前的竟然是布朗斯琪！

「你到哪裏去了？」她問道，「為了找你，我命人把整艘太空船搜遍了。你怎麼沒有前來開會？」

我驚訝得簡直連話也說不出來，只能結結巴巴地說自己剛才在穿梭機停泊艙裏。

「現在已經沒所謂。」布朗斯琪回答，「其餘的人已經走了，你最好跟我來，我一路上把事情告訴你。」

布朗斯琪收起一些文件，離開簡報傳達室，我只好跟着她走。

「我先告訴你一個壞消息，地球上爆發了核戰爭。」她說，「我們半小時前接到消息，地球指揮部命令我們棄船離開，還派了一艘穿梭機到太空站接走所有人。」 **37**

40

　　我慢慢跟在德夫林後面走，但仍不時回頭看本尼迪特會否出現。可是，他沒有出現。

　　德夫林讓我稍微考慮一下他的建議，於是我把一切可能性想了一遍。

　　在這星球上只有我們三人，如果本尼迪特告訴我的是實話，他的確是去露水池裏取水，那麼回征服號去的穿梭機上是沒有人的！即使穿梭機帶有破壞灰塵，對征服號也不會構成什麼損害。因為它到了太空船後，仍然會密封在停泊艙裏。最後我們三人還是留在這星球上，我想不通這樣做有什麼意義。

　　也許德夫林説的話是對的，吃硅的灰塵是謊言，本尼迪特這麼説只是為了盜取穿梭機。他本來可以帶我們一起離開，但他就是存心遺下我們。我並不想留在這個紅色星球，若非留在這裏不可，征服號確實能提供一個比岩石和沙漠上更好的生活環境。德夫林打算在穿梭機到達征服號前，迫使征服號降落，這大概是唯一的辦法了。

　　就在這時候，我看見了本尼迪特的太空船，它看來像是

從科幻小説裏走出來似的。説實話,它能到這裏來似乎是個奇跡。如果我們能乘着它離開這個星球,那更是奇跡中的奇跡了!我猜這就是本尼迪特盜取穿梭機到征服號去的原因。

德夫林從太空船向我走過來,很快便來到我面前。

他説:「辦好了,征服號即將着陸,已經沒有人能阻止它。我破壞了無線電裝置,連你也不能改變主意了!」

「我為什麼要改變主意?」我問道。

「你會的,」德夫林回答,「只要你回頭看看的話。」

我回過頭去看我走來的路,遠遠有個小身影正向着太空船走來。毫無疑問,那是本尼迪特! **45**

　　我有好幾個理由拒絕本尼迪特的建議，其中一個是本尼迪特的太空船。我實在無法相信它能夠飛離地面，更不用説乘着它跟飛行中的征服號會合。

　　而關於那艘在我們眼前升空的穿梭機，本尼迪特説得有點不對。他説穿梭機裏一定沒有人，因為有人進入機艙的話，紅色星球的生物灰塵會在穿梭機離開前破壞所有儀器。然而，本尼迪特的太空船也一定帶有同樣的灰塵。即使我們能夠到達征服號，進入太空船，那些破壞灰塵同樣會毀掉征服號。

　　第三個理由是我這樣做等於就把德夫林孤零零地扔在這星球上，當然前提是他沒有乘上那艘穿梭機。如果他在穿梭機裏，那就是他扔下我了！

　　我心亂如麻，只得離開本尼迪特，前去尋找德夫林。可是我心裏很清楚，根本不知道上哪兒去找。

　　我心頭突然一陣輕鬆，因為當我繞着一堆岩石走時，看見了德夫林。他坐在離我不遠的地方，似乎在等着我。

　　我還未來得及問，他便回答了我心裏的問題。

「對，我只是要把穿梭機送回征服號去，我當然沒有乘坐它！」

「為什麼？」我問道。

「我要讓你相信我離開了，這樣我更容易完成我在這裏的工作。我還以為本尼迪特會看穿這個詭計，不過已經沒有關係了。征服號即將着陸，已經沒有人能阻止它，甚至本尼迪特也做不到。我已經破壞了無線電裝置，要重修也來不及了。」

我一點都聽不明白，即使他有什麼理由要阻止我離開這個星球，但為什麼要把自己也困在這裏呢？

「我沒有把自己困在這裏，」他回答，「我有別的辦法離開這個星球，你卻沒有辦法！本來只有本尼迪特能把你帶走，可惜現在已經太遲了。」 **45**

「到達地球前，你不會看到任何東西。」本尼迪特說。

鋼板落下，觀察窗開始關閉，立即把我們和穿梭機停泊艙隔斷。

「進入地球大氣層時會因摩擦而產生大量熱能，必須用鋼板隔開來。離開約十公里時，太空船將會張開三個降落傘，讓你安全降落。在你離開前，我要把這個東西還給你。」說罷，他把那張激光金磁碟遞給我。

現在鋼板已經完全關上，我們身處一片黑暗之中。

下降比我想像的更不平穩，熱得簡直受不了，最後我感到太空船前端與其他部分分離。還未張開的降落傘重重一拉，船身突然一震。我面前的鋼板重新打開。

起初我只看到一片黑暗，然後閃光劃破天空，照出雨水不停拍打觀察窗。電光照亮了船艙，我發現旁邊的座位空無一人，本尼迪特不見了！我記起他最後一句話：「在你離開前⋯⋯」本尼迪特的告別和關於他的神秘事情同樣奇怪。

我沒有餘暇去想這件事了！電光閃爍不斷，雨水驚拍着窗，狂風沖擊船艙，看來這裏颳着暴風雨！我朝下看，一眼看到海水和樹木，還有拍岸的白浪。

太空船傾斜起來，掉落到水裏去。我用力推開艙門，在傾盆大雨中看到離岸只有幾米。我掙脫太空衣，涉水上岸。回頭看到本尼迪特的太空船逐漸漂遠，降落傘還拖在水面上。一轉眼，太空船翻轉過來，沉下去了。**43**

43

　　我似乎身處湖岸，閃電照出我身後有一條崎嶇不平的小路，一直通往樹林。我沿着小路走，希望可以找到一個藏身之所，好讓我躲開肆虐的暴風雨。進入樹林不久，我就看見了亮光。那不是房子，因為亮光在移動，向着我飄過來。當它接近時，我認出這是我童年時在農場裏見過的東西，後來再沒有見過了。這是一盞防風燈！有人把它高高舉起，燈光投射在老人一張沒有刮鬍子的灰色臉上。

　　「看你的衣服就知道你是城裏的人，你是迷路了吧？」

　　我點點頭。

　　「在這樣的暴雨夜，幸好你遇上了我。我剛剛去看捕獸器，小房子離這兒不遠。在温暖的火前暖暖身，吃點東西，相信你明天早晨會好過些。」

　　本來我暫時忘記了本尼迪特，但本‧哈珀的小房子又讓我想起了他。本‧哈珀顯然是個不合時宜的人，他家裏的全是上一個世紀的東西——除了牆上的年曆！上面寫着2050年，如果這年份沒有錯，那麼我在什麼地方失去了十六年？我一定要確認這一點！

我說：「唉，我大概忘不了今年這個2050年的夏天。我從未遇過這樣的暴風雨，是不是局部地區才有這麼惡劣的天氣？」

本‧哈珀把一個茶壺放在爐火上，抬起頭來。

「很難說，薩蒙河一帶常有暴風雨。不過在我的記憶裏，好久沒有過這樣厲害的暴風雨了。」

我問他有沒有無線電裝置或者電視機，他搖搖頭。

「這裏用不着這些玩意，萬一要爆發核戰爭，我並不想知道。」

他解答了我的疑問，我位處美國的愛達荷州，現在是2050年，沒有戰爭。

暴風雨持續了三天。

就像本‧哈珀古舊的小房子，他本人也有種老式的慷慨好客之道。他送我到十公里外的沃倫去，膳食和住宿費一概不收。

沃倫是一個小鎮，算是附近最接近文明的地方。當我走進大街時，雖然受到了風暴影響，但一切運作正常。人們正在上班工作，不過這景象有點奇怪，街上竟然沒有任何車輛往來！44

44

也許沃倫只是一個安靜的地區，才沒有車輛。幸而本‧哈珀沒有要求我付膳食和住宿費，因為我身上根本沒有錢，唯一值錢的東西只是那張激光金磁碟。

我走進最近的一家雜貨店，表示自己在山區裏遇到暴風雨，什麼都丟掉了，只剩下這張激光金磁碟。

女店員看看它。

「你說它是一張激光金磁碟？用純金來錄製的必然是特別的東西！」

我沒有解釋在太空使用的磁碟必須是純金的，只告訴她我並不知道磁碟裏錄製的是什麼。

「現在再也沒辦法知道了，」她說，「我是指不可能有東西播放它了。」

我不明白她的意思。

「你真的只是住在山區裏嗎？還是住在別的什麼星球吧？」她開玩笑說，「你真的不知道出了什麼事？不僅是山區，整個地球都颳了一場暴風雨。這真是災難，我也不知道怎麼會這樣。」

　　她遞給我一份報紙，似乎是用舊式手搖操作印刷機印出來的。

　　「這是最新消息。」她說。

　　我讀着其中一篇報道，這幾天內地球上所有電子或機械用品全失靈，從洗碗機直到核武器都不動了。交通停頓，銀行癱瘓，商業市場陷入一片混亂。地球上的電腦莫名其妙地失去了作用，一切只能回歸原始！

　　這是因為本尼迪特那艘太空船帶來的破壞灰塵！

　　報紙的大標題是「世界災難——也許是第二次機會！」

＊　　　　＊　　　　＊

　　現在是2060年，地球沒有核戰爭的威脅。世界忙於重建，盡力不要重犯過去的錯誤。雖然心知征服號不可能存在，但我還是經常眺望早晨和傍晚的天空。德夫林和本尼迪特在哪裏呢？或者在地球上，在我們之間。即使擦肩而過，也認不出來了。

完

我斷定德夫林沒有發瘋，我知道自己陷進了某些人類難以理解的權力鬥爭之中。

從我在征服號上第一次遇到德夫林開始，他的行動就很古怪。黑斯廷斯看不見他，認為只是我的幻覺！本尼迪特看似是不可能存在的人，更擁有一艘不可能存在的太空船。他自稱來自一百四十年前的布萊頓，然而看來只是個中年人！

德夫林在盯着我的臉看。

「你是誰？」我問道。

「你也許還要問：『本尼迪特是誰？』」他回答，「讓我一一告訴你吧，我和他是長期對峙的敵手。我們有過許多名字，也用過許多面貌出現。曾經有人很容易就把我們認出來，現在卻連相信我們存在的人也沒有了。可是，我們之間的鬥爭仍一直持續着。」

「但我在這事件中，究竟是個什麼角色呢？」

「你嗎？」德夫林說，「你只是這場競爭中的一顆棋子。本尼迪特選擇你作為航程中唯一的倖存者，來到這個地方。你是本尼迪特的棋子，而他在這場賭博中輸掉了。本尼

迪特太老實，選擇以這麼一個古怪人物出現，恐怕他擔心自己真正的形象會使你甘願服從。他希望你能自由選擇，這稱之為『自由意志』。」

　　德夫林停下來，望着天空，一朵閃亮的雲向着星球表面落下。

　　「黑斯廷斯開始讓太空船降落，還用發動機盡量減速，但它不會成功的。」

　　岩石後面，紅色的天空亮得變成一片白色。只見亮光轟隆一閃，一朵蘑菇雲翻騰着向上升起，一股不斷旋轉的狂風把我吹倒了！

　　炙熱的風燒掉我身上的太空衣，我的眼睛被亮光和飛沙蒙住，朦朧中只看見德夫林叉開雙腿坐在那裏。我伸出手，碰到了德夫林的右腿。那條腿摸上去很奇怪，那是動物的毛和蹄，恍如魔鬼的分趾蹄！

　　　　　　完

本尼迪特用光發出信號，然後用一副銅製的雙筒望遠鏡看着征服號。

「我收到答覆了！」他叫道，然後繼續說，「『保持你現在的航行方向。』還有一句話是給你的，它說：『將軍！』」

征服號開始改變角度，在我們大約一公里左右經過。我懷疑是不是有什麼不妥，本尼迪特卻指着那個觀察窗的反光鏡。我在鏡上看到征服號現在轉到我們的航道上，跟着我們移動。當它逐漸靠近我們時，我看到太空船的艙門慢慢打開。黑斯廷斯把我們從空中接回去了！

我們進入了征服號的穿梭機停泊艙，本尼迪特的太空船撞到了機艙的後門。我記得自己從座位上彈跳起來，一頭撞在艙頂上。

等我清醒過來，我們仍舊在穿梭機停泊艙裏，不過艙的外門已經關上了。

本尼迪特看見我醒過來，便說：「時間剛剛好，我們即將到達地球了。」

「我昏迷了三個月嗎？」我驚呼。

「只是數小時。你通過空間到達紅色星球，我通過時間帶你回來。」

「為什麼我們仍待在穿梭機停泊艙裏？」

「因為我們帶着紅色星球的破壞灰塵，如果我們進入船艙，這灰塵就會毀掉征服號。我已經重新安裝好無線電裝置，黑斯廷斯和我就這樣保持着聯繫。你看！」

外門開始打開，我們眼前的是地球，不過它被雲層重重包圍着。

「你在想雲層下是什麼樣子，是不是已經變成一個被核戰爭弄得一塌胡塗的星球？我能夠讓你返回地球，但這個地球可能再也不適合人類居住。然而，你必須作選擇。」42

「我可以作選擇？」

「沒錯，作選擇必須冒一點風險，我現在還有能力把你及時送到其他地方去。」39

抉擇叢書

吸血鬼歸來

作　　者：雅倫·夏普〔Allen Sharp〕
譯　　者：任溶溶
繪　　圖：Chiki
責任編輯：林沛暘
美術設計：陳雅琳
出　　版：新雅文化事業有限公司
　　　　　香港英皇道499號北角工業大廈18樓
　　　　　電話：(852) 2138 7998
　　　　　傳真：(852) 2597 4003
　　　　　網址：http://www.sunya.com.hk
　　　　　電郵：marketing@sunya.com.hk
發　　行：香港聯合書刊物流有限公司
　　　　　香港新界大埔汀麗路36號中華商務印刷大廈3字樓
　　　　　電話：(852) 2150 2100
　　　　　傳真：(852) 2407 3062
　　　　　電郵：info@suplogistics.com.hk
印　　刷：中華商務彩色印刷有限公司
　　　　　香港新界大埔汀麗路36號
版　　次：二〇一九年七月初版

ISBN: 978-962-08-7299-0
Return of the Undead by ALLEN SHARP
Copyright © 1984 Cambridge University Press.
The Second Conquest by ALLEN SHARP
Copyright © 1985 Cambridge University Press.
This edition arranged with CAMBRIDGE UNIVERSITY PRESS
through BIG APPLE AGENCY, INC., LABUAN, MALAYSIA.
Traditional Chinese Edition © 1986, 1989, 2019 Sun Ya Publications (HK) Ltd.
18/F, North Point Industrial Building, 499 King's Road, Hong Kong
Published in Hong Kong